हिन्द पॉकेट बुक्स

यादों के चिनार

कृशन चन्दर हिन्दी और उर्दू के कहानीकार थे। उनका जन्म 23 नवंबर 1914 को वजीराबाद, ज़िला गूजरांवाला (अब पाकिस्तान) में हुआ था। उनका बचपन पुंछ (जम्मू और कश्मीर) में बीता। उन्होंने अनेक कहानियाँ और उपन्यास लिखे हैं। उनके जीवनकाल में उनके बीस उपन्यास और 30 कथा-संग्रह प्रकाशित हो चुके थे। उन्होंने रेडियो नाटक और फिल्मी पटकथाएँ भी लिखीं। 1973 की प्रसिद्ध फिल्म मनचली के संवाद उन्हीं के लिखे हुए थे। उनकी भाषा पर डोगरी और पहाड़ी का प्रभाव दिखता है। उनकी कहानी पर धरती के लाल (1946) और शराफत (1970) जैसी फिल्में बनीं।

1969 में उन्हें पद्मभूषण से सम्मानित किया गया था। उन्होंने मुख्यतः उर्दू में लिखा, किन्तु भारत की स्वतंत्रता के बाद हिन्दी में लिखकर राजभाषा के प्रचार-प्रसार में योगदान दिया। उनका निधन 8 मार्च 1977 को मुंबई में हुआ था।

यादों के चिनार

कृश्न चन्दर

हिन्द पॉकेट बुक्स
पेंगुइन रैंडम हाउस इम्प्रिंट

हिन्द पॉकेट बुक्स

यूएसए। कनाडा। यूके। आयरलैंड। ऑस्ट्रेलिया। सिंगापुर
न्यू ज़ीलैंड। भारत। दक्षिण अफ्रीका। चीन

हिन्द पॉकेट बुक्स, पेंगुइन रैंडम हाउस ग्रुप ऑफ़ कम्पनीज़ का हिस्सा है,
जिसका पता global.penguinrandomhouse.com पर मिलेगा

पेंगुइन रैंडम हाउस इंडिया प्रा. लि.,
चौथी मंजिल, कैपिटल टावर -1, एम जी रोड,
गुड़गांव 122 002, हरियाणा, भारत

पेंगुइन
रैंडम हाउस
इंडिया

प्रथम संस्करण हिन्द पॉकेट बुक्स द्वारा 1966 में प्रकाशित
यह संस्करण हिन्द पॉकेट बुक्स में पेंगुइन रैंडम हाउस द्वारा 2022 में प्रकाशित

10 9 8 7 6 5 4 3 2

इस पुस्तक में व्यक्त विचार लेखक के अपने हैं, जिनका यथासंभव तथ्यात्मक
सत्यापन किया गया है, और इस संबंध में प्रकाशक एवं सहयोगी
प्रकाशक किसी भी रूप में उत्तरदायी नहीं हैं।

ISBN 9789353495282

मुद्रकः रेप्रो इंडिया लिमिटेड

www.penguin.co.in

FSC
www.fsc.org
MIX
Paper from
responsible sources
FSC® C047271

This is a legitimate digitally printed version of the book and therefore might not
have certain extra finishing on the cover.

यादों के चिनार

मुझे सेब पसन्द हैं

पूनम की सुबह थी। सुबह उठते ही मां ने मुझे नहलाया, मुझे पहनने के लिए एक कोरी, सफेद धोती दी, मेरे कन्धे पर जनेऊ डाल दिया। फिर बंगले के बरामदे को खुद अपने हाथ से धोकर चमकाया। मेरे लिए एक छोटा-सा गलीचा बिछा दिया और खुद मिसिरजी को सामने की पहाड़ी की घाटी से बुलाने के लिए चल दी। घर में पांच नौकर मौजूद थे, मगर पूनम की सुबह को मां मेरा काम खुद करती थी, क्योंकि मैं अपने मां-बाप का इकलौता बेटा था और पूनम का दिन मेरा दिन होता था। उस दिन किसी नौकर को मुझे हाथ न लगाने दिया जाता था।

एक घंटे तक मैंने गायत्री का जाप किया। फिर बरामदे से बाहर सूरजमुखी के फूलों को देखने लगा, जिनके चेहरे उस समय पूर्वी आकाश की ओर उठे हुए थे। आकाश पर कहीं भी रात के तारों की राख बाकी न थी। आकाश का फर्श, बिलकुल हमारे बंगले के फर्श की तरह धुला-धुलाया और नीला था। सूरज अभी अपने बरामदे में नहीं आया था, शायद उसकी मां उसे नहला रही होगी। मेरा खयाल है, सूरज रोज़ नहाता होगा, जभी तो उसका चेहरा हर रोज़ इस कदर साफ और चमकीला होता है। मेरा खयाल है कि सूरज की मां भी मेरी मां की तरह सख्तदिल होगी, जो हर रोज़ अपने बेटे को नहाने पर मजबूर करती है। कभी-कभी नहाना तो मुझे भी

अच्छा लगता है, खास करके घाटी के नीचे बहनेवाली नदी में नहाना, जहां से पनचक्की को पानी झरने की तरह नदी में जा मिलता है। नीले पानी में लाखों बुलबुले फूटते हैं और शरीर में गुदगुदी करते चले जाते हैं, बिलकुल ऐसे ही जैसे तारां मेरे जिस्म में गुदगुदी करती है।

आप तारां को नहीं जानते हैं न! तारां भोलू चमार की लड़की है, जो हमारे बंगले के नीचे की घाटी में एक छोटे-से झोंपड़े में रहता है। तारां बहुत गरीब है। उसका झग्गा (कुर्ता) जगह-जगह से फटा रहता है और उसकी सलवार में भी चीथड़े लगे रहते हैं। उसके बालों में उसकी मां कभी तेल नहीं लगाती, क्योंकि वे लोग तेल सिर में लगाने के लिए नहीं, बल्कि खाने के लिए इस्तेमाल करते हैं। मेरी मां को उन लोगों से बड़ी नफरत है, क्योंकि वे लोग गरीब हैं और नीच जात के हैं। मुझे भी तारां के मां-बाप बिलकुल पसन्द नहीं हैं। बड़े सूखे, सांवले, मरियल-से नज़र आते हैं जैसे हर वक्त भूखे रहते हों। मेरी मां बिलकुल उन्हें पसन्द नहीं करती, मगर वे दोनों हर रोज़ आकर कुछ न कुछ मांगते रहते हैं, क्योंकि भोलू चमार के पास कोई ज़मीन नहीं है। वह केवल जूते बनाता है।

लेकिन तारां मुझे पसन्द है। उसका चेहरा बिलकुल गोल है, चांद की तरह। जब वह अपने छोटे-छोटे होंठ खोलकर हंसती है तो मुझे बहुत प्यारी लगती है। मैंने तय कर लिया है कि मैं बड़ा होकर तारां से शादी करूंगा। मगर इसमें बहुत समय बाकी है। मेरी उम्र आठ साल की है और तारां केवल छः साल की है। अभी हम लोगों को अपने मां-बाप की तरह बड़ा होने में बहुत साल लग जाएंगे। न जाने ये बड़ी उमर के लोग हम छोटे बच्चों को शादी क्यों नहीं करने देते! मेरी मां तो मुझे तारां से खेलने भी नहीं देती। हम दोनों छुपकर खेलते हैं और तारां खेलते-खेलते जब मुझसे नाराज़ हो जाती है तो मुझसे शादी करने से इन्कार कर देती है। दरअसल वह दो शादियां करना चाहती है। कुछ महीने हुए जब राजा साहब का महावत

हाथी पर सवार होकर हमारे बंगले के सामने से गुज़रा था, तब से तारां ने तय कर लिया है कि वह पहली शादी महावत से करेगी और दूसरी मुझसे। जब मैं उससे कहता हूं कि तू दो शादियां नहीं कर सकती, तो वह मुंह चिढ़ाते हुए कहती है, "क्यों नहीं कर सकती? अगर मिसिर गंगाराम दो शादियां कर सकता है तो मैं क्यों नहीं कर सकती?" इसका मेरे पास कोई जवाब नहीं है। जब तारां की किसी बात का जवाब मेरे पास नहीं होता है तो मैं उसे पीटता हूं। जब भी वह दूसरी शादी की बात करती है तो मैं उसे पीटता हूं।

"अरे, मैं तो तुमको गायत्री-मंत्र पांच सौ बार पढ़ने के लिए कह गई थी! यह तुम चुपचाप गलीचे पर बैठे सूरजमुखी के फूलों को क्या घूर रहे हो?"

मांजी मिसिरजी को लेकर वापस आ गई थीं।

मां की आवाज़ सुनकर मैं घबरा गया और जल्दी-जल्दी ऊंचे स्वर में गायत्री-मंत्र का जाप करने लगा। मां ने अपने गुस्से को दबाते हुए मिसिरजी से कहा, "अजीब बच्चा है, न जाने हर समय किन खयालों में खोया रहता है!"

मिसिर गंगाराम बोले, "इसीलिए मेरा सिद्ध किया हुआ कोई मन्त्र इसपर नहीं चलता। यह मन्त्र याद ही नहीं करता है...।"

मेरी मां ने मुझे मारने के लिए हाथ उठाया, मगर मिसिरजी ने फौरन यह कहते हुए रोक दिया, "ना! ना! इस शुभ घड़ी में बच्चे को मारना ठीक नहीं है।"

मां बड़बड़ाती हुई पीछे हट गई। मिसिरजी ने पूछा, "सत-नाजा तैयार है?"

पूनम के रोज़ मुझे सत-नाजे से तोला जाता है। जितना मेरा वज़न होता है, उतने वज़न के सात अनाज मिलाकर सत-नाजा बनता है। उरद, चने, चावल, गेहूं, तिल, मक्का और जवा। फिर मुझे बरामदे के बाहर बगीचे में बटंग के पेड़ से लगे हुए लकड़ियां तोलनेवाले बड़े तराज़ू के एक पलड़े में खड़ा कर दिया जाता है। दूसरे पलड़े में सत-नाजा डाला जाता है, और

जब दोनों पलड़ों का वज़न बराबर हो जाता है, तो मुझे पलड़े से निकाल लिया जाता है और सत-नाजा मिसिरजी के हवाले कर दिया जाता है, जो इतने समय में बराबर कोई मन्त्र पढ़ते रहते हैं। यह आठ साल से हो रहा है और इसलिए हो रहा है, क्योंकि मैं अपने मां-बाप का इकलौता बेटा हूं और बहुत दुबला-पतला हूं। मां मुझे बहुत खिलाती-पिलाती रहती है, लेकिन पिताजी के विचार में वह मुझे जितना खिलाती-पिलाती है, उतना ही मैं दुबला-पतला होता जाता हूं। मेरे पिताजी को खयाल है कि अगर मेरी मां मेरी सेहत की इतनी देख-भाल न करे और मुझे मेरे हाल पर छोड़ दे तो मैं बहुत जल्द मोटा और तगड़ा हो सकता हूं। मगर मेरी मां तो यह सुनते ही गुस्सा हो जाती है और मेरे पिताजी से कहती है, "तुम बड़े सख्तदिल हो, तुम्हें अपने बच्चे से ज़रा भी प्यार नहीं है!"

मुझे अपने पिताजी बहुत पसन्द हैं; क्योंकि वे कभी-कभी मेरे साथ खेलते हैं। लेकिन मेरी मां मेरे साथ कभी नहीं खेलती, हर समय डांटती रहती है और खिलाती-पिलाती रहती है। आपको मालूम नहीं है कि अब मुझे खाने से कितनी नफरत हो गई है। मैं दूसरे बच्चों की तरह रहना चाहता हूं, जिन्हें दिन में केवल एक बार खाना मिलता है, नाश्ता कभी नहीं मिलता। फल केवल वही मिलते हैं जो मैं अपने बाग से चुराकर दे देता हूं। उन बच्चों ने कभी एक अण्डा तक नहीं खाया, मुझे हर रोज़ अण्डा खाना पड़ता है। फिर भी वे दूसरे लड़के मुझसे बहुत तगड़े हैं। मैं उन लोगों से ज़्यादा तेज़ दौड़ सकता हूं, मगर कुश्ती और मुक्केबाज़ी और पंजा लड़ाने में वे मुझसे ज़्यादा ताकत रखते हैं।

जब मिसिरजी मुझे लकड़ियों वाले तराज़ुओं में तोलकर सत-नाजा समेट चुके तो मेरी मां ने मुझे लाकर दूसरे कपड़े दिए। गहरी नीली नेकर और आसमानी रंग की कमीज़। नेकर कार्डराय मखमल की थी और कमीज़ की नीली सतह बिलकुल आसमान की सतह की तरह फिसलनेवाली मालूम

होती थी। मां ने मिसिरजी को मेरी कोरी सफेद धोती दे दी, जो उसने कल ही बाज़ार से मंगवाई थी। फिर उसने मिसिरजी को दो रुपये नकद भी दिए। मिसिरजी ने मुझे और मेरी मां को आशीर्वाद दिए और सारा सामान लेकर अपने घर की ओर रवाना हो गए और जब वे बरामदे के जंगले से निकलकर बाहर की पगडंडी पर हो लिए, तो मेरे पिताजी अपने कमरे से बाहर आकर पूछने लगे, "मिसिरजी का फ्राड पूरा हो गया?"

"हां, हो गया," मेरी मां तुनककर बोली।

"अब इसके आगे क्या गुरुद्वारे जाओगी?"

"हां, हां, जाऊंगी! ज़रूर जाऊंगी? और क्यों न जाऊं? तुम्हें तो अपने बच्चे की सेहत की फिक्र ही नहीं। देखो तो, न जाने कैसा भयानक रोग लगा है मेरे लाल को! दिन पर दिन दुबला होता जा रहा है!"

मेरे पिताजी ने मुझे सर से पांव तक देखा। मुझे आंख मारी, फिर मुस्कराकर बोले, "भागवान, तेरे बेटे को कोई बीमारी नहीं है सिवाय इसके कि वह हम दोनों का इकलौता बेटा है। मेरे विचार में अब समय आ गया है कि हम एक बच्चा और पैदा करें..."

"हैं, हैं! कैसी बातें करते हो इस छोटे बच्चे के सामने? तुम्हें शरम नहीं आती?"

मेरी मां कुछ खफा होकर, कुछ खुश होकर, कुछ घबराकर, कुछ लजाकर बोली, "मैं गुरुद्वारे जाती हूं। तुम्हें तो हर वक्त मज़ाक ही सूझता है। क्यों न हो, आर्यसमाजी ठहरे! तुम्हारा तो कोई धर्म ही नहीं है।"

मेरी मां सनातन धर्म की पुजारिन थी, बाप आर्यसमाजी थे। दोनों में अक्सर नोंक-झोंक रहती। कभी-कभी इस बहस में वे मुझे भी शामिल कर लेते। जब पिताजी मुझसे बहुत लाड़-प्यार करते, तो मेरी मां को चिढ़ाने के लिए पूछते, "मेरा बेटा आर्यसमाजी है न?"

मैं उनकी गोद में मचलकर कहता, "हां, मैं आर्यसमाजी हूं।"

फिर कभी मेरी मां मुझसे लाड़-प्यार करती। मुझे अपनी गोद में लेकर मेरा मुंह चूमती और पिताजी को दिखाते हुए मुझसे कहती, "मेरा बेटा तो सनातनी है। क्यों बेटे, तुम सनातनी हो न?"

"हां मां, मैं सनातनी हूं।" मैं भी बड़े लाड़ से उसकी गर्दन में बांहें डालकर कहता, "मैं तो अपनी मां का सनातनी बेटा हूं।"

ऐसे मौके पर मेरी मां ज़ुबान निकालकर पिताजी को चिढ़ाती, और फिर वे दोनों कहकहे मारकर हंस पड़ते। मैं इस खेल से बहुत आनन्द प्राप्त करता।

गुरुद्वारे जाने के लिए दो रास्ते थे। एक तो बाज़ार से होकर गुज़रता था, दूसरा रास्ता हमारे बंगले के पीछेवाले बाग से होकर जाता था। हम दोनों बागवाले रास्ते से चल दिए। यह अगस्त को खूबसूरत दिन था। हमारे बाग में सेब सुर्ख हो चले थे और नाशपातियों का रंग तारां के चेहरे की तरह सुनहरा हो चला था। उनकी जिल्द भी उसी तरह मुलायम व चमकीली दिखाई देती थी। चिनार के पत्तों को जैसे आग ने छू लिया था। सितम्बर में ये चिनार के पत्ते बिलकुल आग के शोलों की तरह भड़क उठेंगे। और फिर वे पत्ते खड़खड़ाकर ज़मीन पर गिरने लगेंगे। मैं और तारां इन पत्तों में खेलेंगे। हम लोग इन सुनहरे पत्तों के ताज बनाएंगे और एक-दूसरे को पहनाएंगे। तीन-चार पत्तों को मिलाकर उन्हें नदी के किनारे उगे हुए सरकंडों की तीलियों से जोड़कर किश्तियां बनाएंगे और उन्हें नदी में छोड़ देंगे। चिनार के सुनहरे पत्तोंवाली किश्तियां जब नदी की सतह पर तैरती हैं, तो बिलकुल ऐसा मालूम होता है गोया राजाजी के महल के तालाब में कमल के फूल खिले हुए हैं।

यह पूनम की सुबह सचमुच की खूबसूरत थी और यह पूरा दिन मेरा दिन होता था और मुझे बहुत अच्छा मालूम होता था। मेरी मां संभल-संभलकर बड़े गर्व से चल रही थी और मैं उसके इर्द-गिर्द चक्कर खाता हुआ कभी भागकर आगे बढ़ जाता और फिर रुककर उसकी राह देखने लगता

और कभी पीछे रहकर तितलियां पकड़ने में लग जाता। वह चिल्लाकर कभी मुझे आगे बढ़ जाने पर और कभी पीछे रह जाने पर डांटती। सचमुच बच्चों के लिए बड़ी मुसीबत है। उन्हें कभी यह मालूम नहीं हो सकता कि बड़े क्या चाहते हैं। पीछे रह जाऊं तो गाली खाऊं। साथ चलो तो कहते हैं, क्या मेरे साथ चिपककर चल रहे हो? आगे बढ़ो।...कुछ समझ में नहीं आता कि ये बड़े क्या चाहते हैं।

मुझे पूनम की सुबह में गुरुद्वारे जाना बहुत पसन्द है। वहां लोग ढोलक और बाजे पर गीत गाते हैं, जो मन्दिर में नहीं गाए जाते। एक सफेद दाढ़ीवाला बुड्ढा बड़ी खूबसूरत-सी किताब खोले कुछ पढ़ता रहता है और बार-बार चंवर हिलाता रहता है और जो वह पढ़ता है वह बड़ा ही मीठा और अच्छा मालूम होता है। मैं उसका मतलब तो नहीं समझता, मगर वह मुझे बहुत अच्छा लगता है। फिर सब लोग खड़े होकर अर्दास करते हैं। अर्दास के बाद मेरी आंखें खुशी से चमकने लगती हैं, क्योंकि मुझे मालूम है कि अर्दास के बाद हलुआ मिलेगा। पीतल की एक बड़ी परात में बहुत-सा हलुआ भरकर उसके ऊपर सफेद मलमल का कपड़ा डाले एक आदमी आगे बढ़ता है। मैं अपनी दोनों हथेलियां जोड़कर उसके आगे कर देता हूं और वह मेरी दोनों हथेलियों को गर्म-गर्म हलुए से भर देता है। कभी-कभी तो हलुआ इस तरह गर्म होता है कि मै हलुए को दोनों हथेलियों पर नचाता रहता हूं, मगर नीचे नहीं गिरने देता। हलुआ मीठा, नर्म और महकता हुआ मिलता हैं। मैं अपनी मां से कहता हूं कि जब मैं बड़ा हो जाऊंगा तो ज़रूर गुरुद्वारे का ग्रन्थी बनूंगा। मेरी मां अफसोस से सर हिलाकर कहती है, "तू नहीं बन सकता, मेरे बच्चे, क्योंकि तू हमारी इकलौती औलाद है। अगर तेरा कोई दूसरा भाई होता तो हम तेरे केश रखवा देते।" उस ज़माने में, यानी मेरे बचपन के ज़माने में यह रिवाज था कि अक्सर हिन्दू घरों में बड़े लड़के को केशधारी सिक्ख बना दिया जाता था।

गुरुद्वारे से बाहर निकलकर चन्द कदम के फासले पर पीपल का एक बहुत बड़ा पेड़ था, जिसके तने के चारों ओर पक्का चबूतरा बना हुआ था और इस चबूतरे पर तुलसी के गमलों के बीच पत्थर की कई टूटी-फूटी मूर्तियां रखी हुई थीं। एक मूर्ति तो बिलकुल मेरी मां के चेहरे की तरह सुन्दर थी। एक और मूर्ति थी जो नाच रही थी, लेकिन उसकी एक टांग टूट गई थी। उसके चार हाथ थे। एक बे-सर की मूर्ति थी जिसका शरीर एक जवान औरत का-सा था। वह जिस्म ऐसा ही खूबसूरत था जैसा उन लड़कियों जो का होता है जो सुबह-सवेरे हमारे बंगले के सामने की पगडंडी पर सर पर घड़े उठाए हुए पानी के चश्मे की ओर जाया करती हैं।

बहुत-सी मूर्तियों पर सिंदूर लगा हुआ था। चबूतरे के करीब दो बांसों को गाड़कर किसीने लकड़ी और घास-फूस का एक छज्जा-सा बना दिया था। इस छज्जे से एक घंटा लटक रहा था। मां ने तुलसी के पत्ते तोड़कर मूर्तियों के आगे रखे और खुद हाथ जोड़कर मुझे भी हाथ जोड़ने को कहा। फिर आंखें बन्द करके प्रार्थना करने लगी। मगर मैं आंखें खोले उन खूबसूरत मूर्तियों को देखता रहा। जब मां छज्जे का घंटा बजाने लगी, तब मेरा जी भी घंटा बजाने को मचल गया। मैंने मां से कहा, "मां, मेरा जी पुजारी बनने को चाहता है, क्योंकि फिर मुझे हर रोज़ घंटा बजाने को मिलेगा।"

"अरे पगले!" मेरी मां ने मुस्कराकर मुझसे कहा, "तू पुजारी नहीं बन सकता।"

"क्यों नहीं बन सकता?"

"तू क्षत्रिय है, ब्राह्मण नहीं है; केवल ब्राह्मण ही पुजारी बन सकते हैं।"

क्षत्रिय लोग क्यों घंटा नहीं बजा सकते, यह बात मेरी समझ में नहीं आई। आखिर मैंने सोच-सोचकर मां से कहा, "तो मैं बड़ा होकर ब्राह्मण बन जाऊंगा।"

"तू तो निरा अहमक है।" मां ज़ोर से हंसी, "भला क्षत्रिय कभी ब्राह्मण हो सकते हैं, नामुमकिन है।"

क्यों नामुमकिन है, यह बात भी मेरी समझ में नहीं आई। अगर छोटे बड़े हो सकते हैं तो क्षत्रिय ब्राह्मण क्यों नहीं हो सकते? मगर मां से कुछ पूछना बेकार था। हम बच्चे कितने ही सवाल हर रोज़ करते हैं। भला कितने सवालों के जवाब मिलते हैं? बड़े तो देवताओं की तरह हैं; जी चाहा तो जवाब दे दिया, न चाहा तो मार-पीट पर उतर आए। सच, इस दुनिया में बच्चों को बड़ी मुसीबत है!

पीपल के पेड़ से चलकर मां मुझे एक चौड़ी पगडण्डी पर ले गई। मुझे मालूम था कि अब हमें कहां जाना है। मैं खुशी से लहराकर पगडण्डी पर दौड़ने लगा। यह एक लम्बी, बल खाती हुई पगडण्डी थी, जो हमारे कसबे से बाहर दूर तक लहराती हुई चली गई थी। दाएं-बाएं धान के खेत आते थे और छोटे-छोटे जंगली दूब के चकत्ते आते थे और ऊंचे-नीचे टीले माते थे। रास्ते में लकड़ी के दो पुल भी पड़ते थे, जिनके नीचे शोर मचाते हुए खतरनाक नाले बहते थे। इन नालों के दोनों तरफ चील के ऊंचे-ऊंचे पेड़ अपने छत्तर फैलाए खड़े थे। जब तेज़ हवा चलती तब इन पेड़ों से निकलनेवाली सांय-सांय की आवाज़ से यूं लगता, जैसे कहीं दूर बारिश हो रही हो।

यह रास्ता मुझे सबसे ज़्यादा पसन्द था। चुनांचे मां के मना करने पर भी मैं छलागें लगाता हुआ आगे निकल गया। पहले टीले की ओट में बहुत-सी भेड़ें अंजीर के एक पेड़ के नीचे जमी थीं। अंजीर की एक बड़ी शाखा को झुकाकर एक चरवाहा उसपर सवार था और भूरे रंग की अंजीरें तोड़-तोड़कर अपनी चरवाहिन के मुंह में ठूंसता जाता था। दोनों खुशी के मारे दोहरे हो रहे थे। उन्हें देखकर मैंने सोचा कि आज मैं भी इसी तरह तारां को नाशपाती खिलाऊंगा।

इस खयाल से खुश होकर मैं आगे ही आगे दौड़ता चला गया। सामने

से एक खरगोश ने अपने लम्बे-लम्बे कान उठाकर मुझे देखा, फिर बिद्रककर जो भागा तो जंगल में पहुंचकर ही दम लिया। गिलहरियां नाचती हुई चकरी के सफेद तनेवाले पेड़ पर चढ़ गईं। मैं भी उन्हें पकड़ने के लिए उनके पीछे-पीछे पेड़ पर चढ़ गया। मगर वे मुझसे ज़्यादा हल्की व फुर्तीली थीं, मेरे काबू में नहीं आईं ; ऊंची फुनगी पर बैठकर, अपनी खूबसूरत दुम को मुंह में दबाए, शरीर नज़रों से मेरी तरफ ताकती रहीं। मेरा जी चाहा, काश मैं भी एक गिलहरी होता तो इसी तरह आज़ादी और बेफिक्री से जंगलों में घूमता तथा अखरोट के पेड़ों पर चढ़कर अखरोट कुतर-कुतर खाता। लेकिन मेरे तो माता-पिता हैं, एक बंगला है, जहां पांच नौकर हैं। वे सब मेरी हर हरकत पर निगाह रखते हैं। आदमी का बच्चा होना वाकई बड़ी मुसीबत है।

मां ने आकर मुझे चकरी के पेड़ से नीचे उतारा। उसकी सांस फूली हुई थी, चेहरा सुर्ख था। वह बहुत देर तक मुझे मेरी बुरी आदतों पर कोसती रही। लेकिन यह तो बड़े लोगों का कायदा ही है—ज़रा-सा चलने से इन लोगों के दम फूल जाते हैं। ये लोग गुस्से में भी बड़ी जल्दी आ जाते हैं। इन लोगों को गिलहरियों और खरगोशों से कोई दिलचस्पी नहीं होती ; हमेशा त्यौरी चढ़ाए किसी गहरी सोच में डूबे रहते हैं। अक्सर रातों को मैंने मां को पिताजी से कहते हुए सुना है, अब लड़का बड़ा हो गया है, हमें कुछ बचत करनी चाहिए। मगर मैंने किसी गिलहरी या खरगोश को आज तक बचत करते हुए नहीं देखा।

पेड़ से उतरकर मैं फिर मां के आगे-आगे चलने लगा। मोड़ से घूमकर हम एक ऊंचे टीले की ओर बढ़ चले। इस टीले पर बेरियों के घने झाड़ थे, जिनकी शाखों से मैले-कुचैले कपड़ों की सैकड़ों छोटी-मोटी पोटलियां बंधी हुई थीं। यह पीर शाह मुराद का मज़ार था। यहां के पुजारी चाचा रमज़ानी थे। चाचा रमज़ानी का बेटा जहरा मेरा बड़ा पक्का दोस्त था। वह हर पूनम के दिन मेरी राह देखता था। जब मां मज़ार पर नज़र-नियाज़

चढ़ाती, तब हम दोनों दोस्त झाड़ियों के गिर्द 'लुक्कन-मीटी' खेलते और सुर्ख-सुर्ख बेर कांटेदार शाखाओं से तोड़-तोड़कर खाते। बेरियों के हरे-हरे पत्तों के अन्दर छुपी बैठी बुलबुल अपना गीत सुनाती। गिटारियां चीखती थीं और मैनाएं मीठे बोल सुनाती थीं। सफेद कलंगीवाली चम्पई चिड़ियां कू-हु-कू, कू-हु-कू की सदा लगती थीं।

मुझे पीर शाह मुराद का मज़ार बहुत पसन्द था। मुझे जहरे के साग खेलना भी बहुत पसन्द था। चाचा रमज़ानी भी मुझे बहुत अच्छे लगते थे। इसलिए जब हम लोग मज़ार से नीचे उतर आए तो मैंने खुश होकर अपनी मां से कहा, "मां, मैंने तै कर लिया है कि जब मैं बड़ा हो जाऊंगा तो मुसलमान बनूंगा।"

मेरी तो समझ में कुछ नहीं आया कि मैंने कौन-सी ऐसी बुरी बात कह दी, जिसे सुनकर मां एकदम भड़क गई और उसने वहीं पर मेरे दोनों हाथ पकड़कर मेरे गाल पर ज़ोर से एक थप्पड़ लगा दिया। थप्पड़ इतने ज़ोर का था कि मैं मारे दर्द के रोने लगा और वापसी में सारे रास्ते रोता रहा। चकरी पेड़ पर बैठी हुई गिलहरी ने मुझे रोते हुए देखा, खरगोश ने मुझे रोते देखा, अंजीर खाते हुए चरवाहे और चरवाहिन ने मुझे रोते हुए देखा। मेरी मां ने मुझे बहुत चुप कराना चाहा, लेकिन मैं ढीठ बनकर रोता ही रहा, ताकि सारी दुनिया देख ले कि मैं रो रहा हूं ; मेरी मां ने मुझे मारा है और मैं रो रहा हूं। मैं रो रहा हूं और मैं गिलहरी बन गया हूं। मेरी मां मुझे चारों ओर ढूंढ़ रही है। मैं खरगोश बनकर छुप गया हूं और मेरी मां पागलों की तरह जंगल-जंगल घूम रही है। मैं बेरियों के झुण्ड में बुलबुल बन गया हूं और मेरी मां निराश होकर मज़ार के चक्कर काट रही है। अपनी मां की यह दुर्दशा देखकर मेरे दिल में उसके लिए दया आ गई, इसपर मैं और भी ज़ोर-ज़ोर से रोने लगा और उस वक्त तक रोता रहा, जब तक वापस बंगले में पहुंचकर पिताजी ने मुझे प्यार नहीं कर लिया और मुझे बाग में खेलने के लिए छुट्टी नहीं दे दी।

मैं चाहता भी यही था। एक क्षण में मेरे आंसू सूख गए। मैं दौड़ता हुआ अपने बड़े बाग के उस कोने में चला गया, जहां लोहे की बड़ी-बड़ी मेहराबदार जालियों पर अंगूर की बेलें लदी थीं और उनके चारों तरफ लकड़ी के जंगले पर बोगन बैलिया के सुर्ख और शरीर फूल चमक रहे थे। लोहे की इन मेहराबदार जालियों के पीछे छुपी हुई तारां यहीं कहीं मेरा इन्तज़ार कर रही थी। मैं उसे आवाज़े देता हुआ इधर-उधर ढूंढ़ने लगा। आखिरकार वह एक मेहराब के ऊपर चढ़ी, अंगूर की बेलों में छुपी ऊदे-ऊदे अंगूर खाती हुई मुझे मिल गई। मैंने उसे टांग से पकड़कर घसीटा और उसे नीचे गिरा लिया और उसका मुंह खोलकर उसमें अंगूर के दाने डालने लगा।

तारां बोली, "यह क्या कर रहे हो तुम? हटो!"

मैं परे हट गया और उससे बोला, "वह चरवाहा और चरवाहिन इसी तरह एक-दूसरे के मुंह में अंजीर रखकर खाते थे।"

"तो एक-दूसरे की गर्दन पर चढ़कर थोड़े ही खाते हैं, पगले!"

"अच्छा तो मैं तुमको खिलाता हूं, तुम मुझको खिलाओ।"

"नहीं, पहले तुम खिलाओ," तारां बोली।

"नहीं पहले तुम," मैंने ज़िद की।

"अच्छा, इक्कड़-दुक्कड़ कर लेते हैं," तारां बोली।

यह कहते ही वह एक उंगली से मेरी छाती को छूकर और फिर अपनी छाती को छूते हुए बोली, "इक्कड़-दुक्कड़ भम्मा भौ, अस्सी-नब्बे पूरे सौ! तुम!...आहा जी! तुम हमें अंगूर खिलाओगे!"

मैंने ऊपर मेहराबदार जालियों को देखा और फिर सबसे अच्छे अंगूर का एक गुच्छा तोड़ लाया और एक-एक दाना करके तारां के मुंह में डालने लगा। फिर इक्कड़-दुक्कड़ गिनने लगा, "इक्कड़-दुक्कड़ भम्मा भौ, अस्सी-नब्बे पूरे सौ!...लो, अब तुम खिलाओ!"

एकाएक तारां मुझसे अंगूरों का गुच्छा छीनकर भाग निकली। वह

भागती जाती थी और चीखती जाती थी, "नहीं खिलाते! नहीं खिलाते! नहीं खिलाते! नहीं खिलाते, जी!"

वह आगे-आगे भाग रही थी और मैं चीखता-चिल्लाता उसके पीछे-पीछे दौड़ रहा था। इस तरह भागते-भागते हम दोनों को यह ख्याल तक न रहा कि हम कहां आ गए हैं। एकाएक हम दोनों बंगले के बरामदे में खड़े हांफ रहे थे। मेरी मां ने आकर तारां को पकड़ लिया और उसे ज़ोर-ज़ोर से तमाचे और मुक्के मार-मारकर कह रही थी, "कम्बख्त! कमीनी अछूत! कमज़ात लड़की! आज पूर्णमासी के शुभ दिन पर मेरे बच्चे के साथ खेलती है, जभी तो वह अच्छा नहीं होता! देख तो सही, आज मैं तेरी हड्डी-पसली बराबर करके रहूंगी!"

मेरी मां सचमुच इतने गुस्से में थी कि अगर मेरे पिताजी तारां की मदद करने को न आते तो वह ज़रूर उसकी हिड्डयां तोड़ डालती। पिताजी ने रोती हुई तारां को अपनी गोद में उठा लिया और उसे बाग में ले गए और उसकी झोली लाल-लाल सेबों से भर दी। उन खूबसूरत सेबों को देखकर रोती हुई तारां सारी मार भूल गई और अपने आंसुओं में मुस्कराने लगी। फिर पिताजी ने मां से कहा, "खबरदार जो आइन्दा तुमने मेरे बेटे को तारां से खेलने से मना किया!"

"तारां अछूत है! वह चमार की बेटी है!"

"चमार की बेटी है तो क्या हुआ? इन्सान नहीं है?"

"तुम अपने धर्म को अपने पास रखो! मैं अपने बेटे को तुम्हारी तरह नास्तिक नहीं बनने दूंगी। क्यों मेरे लाल," मेरी मां मुझे पुचकारते हुए बोली, "तू मेरा बेटा है न?"

मैंने डरते-डरते कहा, "हां!" मगर मेरी नज़रें तारां की झोली में भरे हुए सेबों पर लगी थीं।

"तू मेरी बात मानेगा न?" मां मुझसे पूछने लगी।

"हां," मैंने आहिस्ता से जवाब दिया, मगर मेरी नज़र में वही लाल-लाल सेब मचल रहे थे।

"अच्छा बता, तुझे कौन-सा धर्म पसन्द है, मेरा या अपने पिता का धर्म ?"

मैंने पिताजी को देखा, फिर मां को देखा और फिर तारां को देखा जिसकी झोली में सेब भरे हुए थे।

"मुझे वे सेब पसन्द हैं," मैंने झिझकते-झिझकते कहा।

पिताजी ज़ोर से हंसने लगे।

मां ने तानकर एक थप्पड़ दिया और गुस्से से बोली, "बता, तुझे कौन-सा धर्म पसन्द है ? मेरा या अपने पिता का ?"

मैंने रोते-रोते एक उंगली उठाकर फिर कहा, "मुझे वे सेब पसन्द हैं।"

बहुत समय बीत चुका, जब यह घटना घटी थी। जीवन के पुल के नीचे से पानी कितनी तेज़ी से बह रहा है। चालीस साल से मैंने किसी सेब की शाख पर एक कली को भी खिलते हुए नहीं देखा। घुट-घुटी आशाओं, अपूर्ण इच्छाओं, बेरहम खुदगर्ज़ियों के अंधेरे व टेढ़े-मेढ़े रास्तों से गुज़रता हुआ मैं ज़िन्दगी के जेलखाने की इन सलाखों से पीछे की तरफ जब भी झांकता हूं, तब मुझे अपनी कल्पना में वही आठ वर्षीय बालक दिखाई देता है, जिसकी मां उसे तमाचे पर तमाचे मारकर पूछ रही है, बता तुझे कौन-सा धर्म पसंद है? और वह बालक तमाचे खा-खाकर भी हटीले अन्दाज़ में लाल-लाल सेबों की तरफ उंगली उठाकर कहता है, "मुझे वे सेब पसन्द हैं ! मुझे वे सेब पसन्द हैं !"

अगर हमारे बचपन के ये सेब हमारी ज़िन्दगी के रहबर (पथ-प्रदर्शक) होते तो आज यह दुनिया कितनी मुख्तलिफ होती !

काश !

ट्राउट मछली

जब से मांजी मायके गई थीं, मेरे पिताजी बड़े खुश थे, क्योंकि मेरी मां ने पांच साल के बाद मायके जाने का नाम लिया था।

"और इतना अरसा साथ रहने से आदमी ऊब जाता है," पिताजी सरदार कृपालसिंह माल मंत्री से कह रहे थे, "यानी जब देखिए, मर्द-औरत एक साथ जोंक की तरह चिपटे हुए हैं। कभी हटने का नाम ही नहीं लेते। इतने अरसे तक अगर भगवान भी मेरे साथ रहे, तो मुझे उससे नफरत हो जाए, औरत तो फिर औरत है।"

"वाह! क्या बात करते हो?" सरदार कृपालसिंह भड़ककर बोले, "मेरी घरवाली तो इक्कीस साल से मायके नहीं गई। हमारा जी तो कभी एक-दूसरे से नहीं ऊबता।"

"आपकी बात दूसरी है, सरदारजी," मेरे पिता बोले, "आप मशीरेमाल हैं। आपको महीने में बीस दिन बाहर इलाके में दौरे पर रहना पड़ता है। अपने-आप महीने में बीस दिन बीवी से अलहदगी हो जाती है। बीस दिन के बाद घर आना कितना अच्छा लगता होगा! यहां तो हर रोज़ ही घर पर रहना पड़ता है। अब देखिए, बीवी अपने मायके गई है, तो यह घर कितना अच्छा मालूम होता है! मैं अपने-आपको कितना आज़ाद और बेफिक्र महसूस कर रहा हूं! तीन-चार महीने के बाद बीवी की याद सताने लगेगी, तब उसका आना कितना अच्छा लगेगा! मेरे खयाल में तो औरतों को ज़बरदस्ती तीन महीने के लिए मायके भेज देना चाहिए। राजा साहब को इसके लिए एक कानून बना देना चाहिए।"

सरदार कृपालसिंह बोले, "राजा साहब का बस चले, तो अपने महल की सारी रानियों को ज़िन्दगी-भर के लिए मायके भेज दें, और फिर अपना हरम नई रानियों से सजा लें। पर इस किस्म की बातें बस राजाओं को ही शोभा देती हैं। कर्तार की मां कह रही थीं, कि तुम जाकर एक दिन उनको

घर पर खाने के लिए बुला लो। इसीलिए मैं आया था।"

"लेकिन मैं तो कल करमान के ढाके पर जा रहा हूं।"

"ट्राउट मछली के शिकार के लिए?" कृपालसिंह ने आश्चर्य और प्रसन्नता का मिला-जुला प्रदर्शन करते हुए हसरत के साथ पूछा।

"हां। आप भी चलिए न।" पिताजी ने दावत दे दी।

"नहीं, भाई। मैं कहां जा सकता हूँ! अभी तो दौरे से लौटा हूं। कितने दिन रहेंगे आप वहां पर?"

"एक हफ्ता तो रहूंगा ही। और अगर जी लग गया, तो दस दिन रह जाऊंगा।"

"अच्छा, तो मैं चलता हूं। पर करमान से वापसी पर एक दिन हमारे घर पर ज़रूर बैठक होगी, नहीं तो तुम्हारी भाभी बहुत खफा होंगी।"

"भाभीजी को मेरी तरफ से हाथ जोड़कर 'सत श्री अकाल' कहना भैया। मैं आते ही खुद खबर कर दूंगा।"

सरदार कृपालसिंह के जाने के बाद मैं खुशी से उछलने और नाचने लगा, और तालियां बजा-बजाकर कहने लगा, "आहा, जी, हम करमान जाएंगे, ट्राउट मछली के शिकार को जाएंगे!"

दरअसल में मां के साथ चला गया होता, यदि पिताजी ने चुपके से मुझे ट्राउट मछली के शिकार का लालच न दिया होता। और करमान, सुना है, बहुत खूबसूरत जगह है। वहां छः हज़ार फुट की ऊंचाई पर अशमां नाम की एक झील है, जो दो मील लम्बी-चौड़ी है। वहां पर राजा साहब का एक डाकबंगला भी है। बड़ी ही सुन्दर जगह है।

"अगर तुम रह जाओगे, तो हम तुम्हें करमान ले चलेंगे," पिताजी ने मुझसे वादा किया था। और उस वायदे के लालच में मैंने मांजी के साथ ननिहाल जाने से इनकार कर दिया था। "मैं तो पिताजी के साथ रहूंगा," मैंने ज़िद करके कहा था।

मांजी ने मुझे बैट्री से चलनेवाली खिलौना मोटर ले देने का वायदा किया था। पर चाबी से चलनेवाली मोटरें तो मेरे पास दो-दो थीं, इसलिए बैट्री से चलनेवाली मोटर का लालच मुझे इतना प्रभावित न कर सका, कि मैं उसके लिए करमान की सैर का त्याग कर सकता। हां, यदि वे मुझे बड़े शहर में ले जाकर चिड़ियाघर दिखाने का वायदा करें, तो मैं...मैंने बड़ी गम्भीरता से मां से सौदाबाज़ी शुरू कर दी।

"तो रहो अपने पिताजी के पास," मांजी झुंझलाकर बोलीं, "मैं कहां तुम्हें अपने साथ ले जाने पर खुश हूं! यहां रहकर तुम अपने पिताजी को तंग ही करोगे। और क्या करोगे? क्या मैं जानती नहीं?"

"नहीं, मैं तंग नहीं करूंगा" मैंने कहा।

"नहीं, यह तंग नहीं करेगा," पिताजी बोले।

"जब तुम दोनों बाप-बेटे की सलाह एक जैसी है, तो मैं दखल देनेवाली कौन?" मांजी अकेली पड़ गईं, और रुझांसी होकर बोलीं।

उस समय मुझे मांजी पर बड़ा प्यार आया, और मैं अपने पिताजी की गोद से निकलकर मांजी की गोद में चला गया और उनसे लाड़ करते हुए बोला, "मैं पिताजी के साथ नहीं रहूंगा। मैं तो तुम्हारे साथ चलूंगा—अपने नानाजी के घर। आहा, जी, अपने नानाजी के घर, अपने नानाजी के घर!" मैं खुशी से ताली बजाने लगा।

मांजी ने अपने आंसू पोंछ लिए, और खुशी से चमकती हुई आंखों से पिताजी की तरफ देखकर बोलीं, "मेरा राजा बेटा! तू मेरा राजा बेटा है। तू मेरे साथ जाएगा। तू मेरे साथ जाएगा।"

मांजी के स्वर में विजय की चमक थी। पिताजी उठकर बाहर चले गए।

लेकिन जब जाने के लिए तैयारियां पूरी हो चुकीं, और मैंने मखमल का ऊदा कोट और निकर पहन लिया, और पांव में ब्राउन रंग के चमकते

हुए जूते पहन लिए, और जब मांजी पूजा के कमरे में आखिरी बार माथा टेकने के लिए गईं, तो पिताजी धीरे से मेरे कान में बोले, "मैंने सोचा था, कि तुमको करमान ले चलूंगा।"

"करमान में चिड़ियाघर है?"

"नहीं।"

"करमान में बिजली की बैट्री मोटर है?"

"नहीं।"

"फिर?"

पिताजी धीरे से बोले, "मैं सोच रहा था, कि हम तीनों मछलियों का शिकार करते—तुम, मैं और तारां।"

"तारां हमारे साथ चल सकती है?" मैंने एकदम चिल्लाकर कहा।

"शश्श! चुप रहो," पिताजी तुरन्त मुंह पर उंगली रखकर बोले, "तुम्हारी मां सुन लेगी, तो तुम्हें ज़बरदस्ती अपने मायके ले जाएगी। अगर तुम यहां रहने का वायदा करो, तो मैं तारां को भी ले चलूं।"

मैंने बड़ी कठिनाई से अपनी प्रसन्नता को छिपाने का प्रयास किया। लेकिन फिर भी मेरे होंठों के किनारे हंसी से फटे पड़ रहे थे, और मेरी आंखों की चमक मन का भेद खोले दे रही थी। जब मांजी पूजा के कमरे से लौटीं, तो मैंने उनसे ठुनककर कहा, "नहीं, हम नानाजी के पास न जाएंगे। हम पिताजी के पास रहेंगे।"

मां ने मेरी तरफ देखा, फिर घूमकर पिताजी की तरफ देखा।

पिताजी ने अपनी आंखें झुका लीं।

"तुमने इससे कुछ कहा है?"

"नहीं।"

"ज़रूर कुछ कहा है। वरना यह ऐन चलते वक्त कैसे पलट गया?"

“हम नानाजी के पास नहीं जाएंगे,” मैं ठुनक-ठुनककर कह रहा था।

पिताजी बोले, “मैंने कुछ नहीं कहा। कसम ले लो।”

“हम नहीं जाएंगे, हम नहीं जाएंगे, हम नहीं जाएंगे,” मैंने रटी हुई मुंहारनी की तरह बार-बार कहना शुरू किया।

मांजी ने गुस्से से झुंझलाकर मुझे मारने के लिए हाथ उठाया, कि पिताजी ने आगे बढ़कर रोक लिया, और बड़े विनम्र स्वर में बोले, “रानो, तू भी जा रही है, और बच्चे को भी ले जा रही है। एक तो तेरे ही जाने से मन उदास है।...अब बच्चे को भी साथ ले गई, तो जुदाई के ये दिन काटने मुश्किल हो जाएंगे।” पिता जी की आवाज़ भर्रा गई।

यकायक मां का सारा क्रोध शांत हो गया। वह एकदम मेरी तरफ से पलटकर पिताजी के पास चली गईं, और उनके सीने से लगकर बड़े विनम्र स्वर में बोलीं, “तो तुमने मुझसे पहले ही क्यों नहीं कह दिया? मैं इतनी ज़िद न करती। अगर तुम कहो, तो मैं मायके न जाऊं।”

“नहीं, नहीं,” पिताजी घबराकर जल्दी-जल्दी बोले, “ऐसा नहीं है। मैं ऐसा संगदिल नहीं हूं, कि पांच बरस के बाद तुम्हें मायके न जाने दूं। आखिर क्या मैं इनसान नहीं हूं? क्या मैं औरत के मन को नहीं समझता? आखिर तुम्हारा दिल भी तो अपनी मां, अपने पिता, अपने भाई-बहनों से मिलने को चाहता होगा। नहीं, नहीं। मैं किसी न किसी तरह तुम्हारे वियोग के दिन काट लूंगा।”

मांजी एकदम प्रसन्न होकर बोलीं, “मैं बच्चे को तुम्हारे पास छोड़े जाती हूं। मगर काके का खयाल रखना।”

“मेरा अपना बच्चा है।”

“लाल शर्बत हर रोज़ पिलाना।”

“रोज़ पिलाऊंगा।”

“और कैल्शियम की गोलियां भी।”

"अच्छा।"

"और खाने के बाद फौलाद का शर्बत।"

"ठीक है।"

"और बाहर सर्दी में न घूमने देना।"

"बहुत अच्छा।"

"और तारां कलमुंही के साथ खेलने न देना। उस कमबख्त के सर में जूं ही जूं हैं। मेरे बच्चे के बालों में जूं पड़ जाएंगी।"

"मैं उस सुअर की बच्ची को बंगले के नज़दीक न फटकने दूंगा," मेरे पिता ने गरजकर कहा।

मेरी मांजी ने पिताजी से लगे-लगे इतमीनान को सांस ली, और उनके चौड़े-चकले सीने पर आहिस्ता से उंगलियां फेरते हुए बोलीं, "तुम कितने अच्छे हो!"

मांजी के जाने के आठ दिन बाद हम लोग करमान के ढाके को रवाना हुए। जाने से पहले पिताजी ने तारां की मां और उसके बाप से तारां को अपने साथ ले जाने की अनुमति ले ली थी। उसके लिए कपड़ों के दो नये जोड़े सिलवाए थे—गहरी सुर्ख सूती की दो नई सलवारें और एक काली छींट और दूसरी नीली फूलदार छींट की कमीज़, और उनके साथ ओढ़ने के लिए गुलाबी और नीली चुन्नी। और एक दिन पहले हमारी नौकरानी बेगमां ने उसे अच्छी तरह नहलाकर, उसके बालों की सारी जूं मार दीं, और उसके बालों में खुशबूदार फूल डालकर उसकी चोटियां सवारीं। और अब तारां अपने नये लिबास में अकड़ी हुई अकेली एक खच्चर पर बैठी, मेरी तरफ इस तरह देख रही थी, जैसे मैं चमार का बेटा हूं, और वह राजा की बेटी है। मुझे गुस्सा तो बहुत आया, और मैं उसे पीट भी देता, पर पिताजी का डर था, क्योंकि पिताजी उससे बड़ी नर्मी से बात करते थे। रास्ते में अगर हम कुछ खाने को मांगते तो पहले वे उसे देते, उसके बाद मुझे। और जब वह और मैं सफर में खच्चरों पर बैठे-बैठे थक जाते, और हमारे पांव में चींटियां-सी रेंगने लगतीं,

तो पिताजी पहले तारां को खच्चर से उतारते, और बाद में मुझे। फिर एक हाथ से तारां की उंगली पकड़ लेते और दूसरे हाथ की उंगली मुझे थमा देते, और ज़्यादा देर तारां से बातें करते रहते। सो तारां मारे घमण्ड के फूलकर कुप्पा हुई जा रही थी। और मैंने मन में निश्चय कर लिया था, कि करमान पहुंचकर तारां को ज़रूर-ज़रूर पीटूंगा। जितना मेरे पिताजी उससे हंस-हंसकर बात करते थे, उतनी ही मुझे उससे नफरत होती जा रही थी। मेरे खयाल में मां ठीक कहती थीं। यह चुड़ैल है ही बड़ी खराब। देखो तो, पिताजी की किसी बात पर कैसे ठी-ठी हंस रही है! मरजानी। गन्दी! चमारिन!

अचानक मेरे खच्चर को ठोकर लगी, और मैं जीन से उचककर खच्चर की गर्दन पर आ रहा। खच्चरवाले ने झट आगे बढ़कर मुझे संभाला, नहीं तो मैं गिर गया होता। तारां हंस-हंसकर मुझे चिढ़ाने लगी।

दिन ढलने से पहले हम लोग करमान के ढाके पर पहुंच गए। यहां पर बहुत सर्दी थी। बहुत तेज़ हवा चल रही थी। छः हज़ार फुट की चोटी पर एक बहुत लम्बा-चौड़ा मैदान फैला हुआ था, जिसका चप्पा-चप्पा नर्म-नर्म और हरी-हरी घास से भरा हुआ था। उस मैदान में बकरवालों के गल्ले चर रहे थे। मैदान के बीचोबीच नीचाई में अशमां झील थी। झील का पानी पश्चिमी किनारे को तोड़कर एक नदी में बह रहा था। नीले पानीवाली नदी छोटे-छोटे नीले पत्थरों पर शोर मचाती हुई बह रही थी। इसी नदी में मेरे पिताजी ट्राउट मछली का शिकार खेलने आए थे। नदी के किनारे, जहां नदी झील से अलग होती थी, वहां पर राजा साहब का डाकबंगला था। और दस-बारह सीढ़ियों का एक छोटा-सा घाट था, जिसके किनारे दो किश्तियां बंधी हुई थीं। डाकबंगले के पीछे तुंग का एक बहुत बड़ा दरख्त था। और इसी तरह के चार-पांच दरख्त नदी के किनारे-किनारे दूर-दूर खड़े थे। और वे इतने बड़े-बड़े दरख्त थे, और इतने घने थे कि उनके नीचे बकरवालों ने अपने खेमे लगाए थे। और खेमों से बाहर चूल्हों में आग जल रही थी, और

बकरवाल औरतें अपने सिर के दोनों तरफ बालों की अनगिनत चोटियां लटकाए, कानों में चांदी की बड़ी-बड़ी बालियां पहने, मक्की की रोटियां सेंक रही थीं। यह दृश्य मुझे बड़ा अजीब और बड़ा अच्छा लगा।

डाकबंगले के निकट पहुंचकर, हम लोग अपनी सवारी के खच्चरों से उतरे। हमारे पास सवारी के तीन खच्चर थे। दूसरे खच्चरों पर खेमे, छोलदारियां और खाने-पीने का सामान लदा था। दो अर्दली और दो नौकर मिलकर डाकबंगले के बाहर लकड़ी के खूंटे ठोककर खेमे और छोलदारियां खड़ी करने लगे। और हम तीनों चौकीदार के सलाम का जवाब देकर डाकबंगले में दाखिल हो गए।

फिर बहुत जल्दी सूरज डूब गया, और खिड़कियों के पर्दे तेज़ हवा से कांपने लगे, और सांय-सांय करते हवा खिड़की के कांचों से टकराने लगी, और खिड़कियों को खड़खड़ाने लगी। पिताजी ने उठकर खिड़कियां बन्द कीं, अंगीठी में आग जलवाई, बिस्तर बिछवाए, और हम लोगों को अपने साथ बिठाकर खाना खिलाया। वे बारी-बारी से कभी मेरे मुंह में और कभी तारां के मुंह में कौर डालते जाते थे। और हमें इस तरह खाने में बड़ा मज़ा आ रहा था। फिर मेरे पिताजी ने हम दोनों को गोद में लेकर, एक बहुत अच्छी परियोंवाली कहानी सुनाई। और जब कहानी सुनते-सुनते हमें नींद आने लगी, तो उन्होंने हम दोनों को उठाकर साथवाले बिस्तर पर लिटा दिया। तारां का छोटा-सा हाथ मेरी गर्दन पर था, और वह मेरे बिलकुल करीब लगकर सो गई थी। फिर मैं भी सो गया, और एक नम-गर्म अंधेरे ने हमें अपनी गोद में ले लिया।

उसके बाद मैं बहुत जगहों पर घूमा हूं और बड़े सुन्दर दृश्य देखे हैं, और बहुत-से दूसरे देशों की सैर की है, पर ऐसी मीठी, मासूम और मोहिनी शाम मेरी ज़िन्दगी में कभी नहीं आई। आज भी कई बार जब मैं किसी अनजाने सफर पर चलता हुआ, किसी अजनबी सराय के कमरे में अकेला

सोता हूं, तो मुझे अपनी गर्दन पर तारां का छोटा-सा हाथ रखा हुआ महसूस होता है, और अचानक मैं सोते से घबराकर उठ बैठता हूं, और अपने खाली बिस्तर को देखकर हैरान और उदास हो जाता हूं। और मेरे चारों तरफ तेज़ हवा घूमती है, और बन्द खिड़कियों को दस्तक देते हुए लड़खड़ाती है। और मैं सोचता हूं कि न जाने वे नन्हे-नन्हे हाथ आज कहां हैं, न जाने उन्होंने अपने लिए कौन साथी चुन लिया है, न जाने वह आज किसके बच्चे को पालने में झुला रही होगी? और उन हाथों का मेरी गर्दन से क्या रिश्ता है, यह मैं आज तक न जान सका।

दूसरे दिन सुबह जब हम उठे, तो पिताजी अपने बिस्तर पर नहीं थे। कमरे की खिड़कियां खुली हुई थीं और खिड़कियों के पर्दे हौले-हौले हिल रहे थे। सुबह की सुहानी धूप हमारे बिस्तर पर पड़ रही थी। खानसामा ने हमें बिस्तर ही में नाश्ता दे दिया। और तारां ने इस तरह खाया मानो वह ज़िन्दगी-भर भूखी रही हो। इसके बाद एक अर्दली ने हमको बारी-बारी से गर्म पानी से नहलाया, और सफर के कपड़े उतारकर, नये कपड़े पहनाए। फिर मैंने अपने बक्स में से रबड़ की एक गेंद निकाली, और हम कूदते-फांदते नदी की ओर चल दिए, जिधर सुबह से ही पिताजी मछली के शिकार के लिए गए थे।

गेंद घास पर फिसलती जा रही थी, और मैं और तारां उसके पीछे खुशी से चीखते-चिल्लाते दौड़ते चले जा रहे थे। घास बहुत गहरी और तहदार थी। चलते वक्त ऐसा लगता था, जैसे उस घास के नीचे सोफे के स्प्रिंग लगे हों। दौड़ते-दौड़ते एक जगह अंजों के नीले-नीले फूलों के तख्ते नज़र आ गए, और उन्हें देखकर मैंने तारां को फूलों पर गिरा दिया, और फिर स्वयं भी फूलों पर लोटने लगा। हम दोनों लोटते-लोटते फूलों के तख्ते से बाहर निकल आए, और उसी तरह घास पर लोटते-लोटते दूर तक चक्कर खाते चले गए। अब हमारी नज़रों में ज़मीन और आसमान घूम रहे

थे। तुंग के पेड़ दृष्टि-सीमा पर यकायक ऊंचे होकर डुबकनी खा जाते थे। आसमान घूमकर तैरती हुई नदी में मिल जाता था। और नदी उछलकर फूलों के तख्तों में जा गिरती थी। और उन सबके ऊपर धूप की सुनहरी फुहार-सी गिर रही थी।

लोटते-पोटते जब हम नर्गिस के फूलों के एक बहुत बड़े तख्ते की तरफ जाने लगे, क्योंकि हमारी गेंद भी उधर ही गई थी, तो हमने यह देखा कि यकायक नर्गिस के फूलों के तख्तों को फलांगता हुआ एक काला कुत्ता कहीं से आया, और गेंद को अपने मुंह में लेकर भागा, और आंख झपकते ही नर्गिस के फूलों की दूसरी तरफ ओझल हो गया।

जहां से कुत्ता गुज़रा था, वहां पर लम्बी-लम्बी डंडियों पर नर्गिस के फूल अभी तक सो रहे थे, और उनकी आंखें बिलकुल उदास थीं, जैसे उन्हें भी हमारी गेंद के खो जाने का दुख हो।

मैंने तारां की तरफ देखा। तारां ने मेरी तरफ देखा। फिर हम दोनों जल्दी घास पर से उठ बैठे, और धीरे-धीरे हाथ पकड़कर नर्गिस के तख्ते के दूसरी तरफ जाने लगे, जिधर कुत्ता गया था। पर हमारे दिलों में डर था, क्योंकि वह एक सियाह काला कुत्ता था, और बहुत बड़ा कुत्ता था।

फूलों के तख्ते की दूसरी ओर यकायक नदी का किनारा नज़र आया। किनारे पर एक आदमी बैठा था, और कुत्ते के मुंह से गेंद निकालकर बड़े गौर से देख रहा था। लाल, पीले और हरे तीन रंगों वाली मेरी रबड़ की खूबसूरत गेंद थी, जो अब उसके हाथ में थी। और उसके निकट खड़ा हुआ कुत्ता हमारी तरफ देखकर शरारत से भूंक रहा था।

वह आदमी हम दोनों बच्चों को देखकर खड़ा हो गया। उसने अपने कुत्ते को डांटा, "चुप रह, कालू!"

कुत्ता चुप हो गया, और दुम हिलाने लगा।

वह बड़ा अजीब-सा आदमी था। कमर तक बिलकुल नंगा था, और

कमर के नीचे उसने काले पट्टू का एक चुस्त पाजामा पहन रखा था जो सिर्फ उसके घुटनों तक आता था। घुटनों से नीचे वह फिर नंगा था। उसके कंधे पर से कमर तक जनेऊ का धागा लटक रहा था और उसका रंग बेहद सफेद था, और उसकी आंखें बहुत नीली थीं, और उसके चेहरे पर सुर्ख रंग की छोटी-सी दाढ़ी थी। और जब वह गेंद को अपने हाथ में टटोलता हुआ हमारी तरफ देखकर मुस्कराया, तो मेरा सारा डर जाता रहा।

मैंने कहा, "यह मेरी गेंद है। मुझे दे दो।"

गेंद उसके हाथों से फिसलकर नीचे आ रही। नीचे आते ही गेंद दो-तीन बार उछली। तीसरी बार कुत्ते ने फिर उसे पकड़ लिया। गेंद को अपने-आप उछलते देखकर वह आदमी बेहद हंसा। जैसे ज़िन्दगी में पहली बार रबड़ की गेंद देख रहा हो।

"मेरी गेंद मुझे दे दो," मैंने आदेश-भरे स्वर में कहा।

उसने घबराकर तुरन्त गेंद मेरी ओर फेंकी। मैंने झट दबोच ली।

वह बड़े आश्चर्य से उस गेंद की तरफ देखते हुए बोला, "यह किस चीज़ की बनी है?"

"रबड़ की।"

"रबड़ क्या होता है?"

"रबड़ तुम्हारा सिर होता है!" मैंने बड़े घमण्ड से कहा।

"तुम डाक्टर साहब के लड़के हो?" उस आदमी ने बड़ी नम्रता से पूछा।

मैंने स्वीकारात्मक ढंग से सिर हिला दिया, और उससे पूछा, "पिताजी कहां हैं?"

वह बोला, "वह, मैदान के किनारे पर, जहां तुंग का आखिरी पेड़ दिखाई देता है न, वहां वे मछली का शिकार कर रहे हैं।"

"नज़र तो नहीं आते," मैंने दूर उस तुंग के पेड़ की ओर नज़र दौड़ाकर कहा।

"वे पेड़ के दूसरी तरफ हैं। चलो, मैं तुम्हें वहां पहुंचाए देता हूं।"

इतना कहकर, उसने झुककर नदी-किनारे रखा हुआ लकड़ियों का एक गट्ठ उठाया, और उसे सिर पर रखकर हमारे साथ-साथ चलने लगा।

बहुत जल्द भागते-दौड़ते हम उस आदमी से बहुत पहले ही अपने पिताजी के पास पहुंच गए। वे पेड़ के तने से टेक लगाए, अपनी विलायती बंसी की डोर को पानी में डाले, अधमुंदी आंखों से नदी की तरफ देख रहे थे। देख रहे थे, या सो रहे थे? हमें तो यही लगा कि सो रहे थे, क्योंकि हमारे पहुंचने पर वे एकदम चौंक गए, और हमारी तरफ देखकर, और हमें पहचानकर कुछ खीझकर बोले, "तुम आ गए न। अब शिकार हो चुका।"

"क्यों न होगा?" मैंने पूछा।

"तुम्हारे शोर से मछलियां सावधान हो गई हैं।"

मैंने नीचे पानी में मछलियों की तरफ देखा। जहां पर पानी गहरा न था, वहां वे दिखाई देती थीं, और तह की धुली हुई स्वच्छ बजरी और रेत भी। तुंग के पत्तों से धूप छन-छनकर पानी में पड़ रही थी। मछलियां उस रोशनी में कहीं तो चमक उठतीं, कहीं गहरे सायों में खो जातीं। कहीं पर वे दो-दो, तीन-तीन की तादाद में लचकती हुई चली जा रही थीं। एक जगह बड़े नीले से पत्थर के गिर्द दो मछलियां घूम रही थीं। यकायक वे दोनों मछलियां पत्थर के नीचे गुम हो गईं।

मेरे मुंह से अनायास निकला, "ये मछलियां कहां गईं?"

"उस पत्थर के नीचे उनका घर है। नीचे पत्थर की छत है। छत के नीचे साफ रेत का खूबसूरत बिस्तर है। दिन-भर ये इसी पानी में तैरती हैं। इसी पानी से उन्हें अपना भोजन भी मिल जाता है।"

तारा ने अपने दोनों हाथ जोड़कर कहा, "हाय, मेरा जी चाहता है, कि मैं भी एक मछली होती, और इसी तरह पानी में तैरती-तैरती कहीं बहुत दूर चली जाती!"

मेरे पिताजी कुछ कहनेवाले थे, कि इतने में कालू और उसका मालिक आ गया। और उस गोरे-चिट्टे अधनंगे आदमी ने, जिसके सिर पर लकड़ियों का गट्ठा था, आकर मेरे बाप को सलाम किया। पिताजी ने उसके जनेऊ की तरफ देखकर कहा, "तुम ब्राह्मण हो?"

"जी।"

"तुम्हारा नाम क्या है?"

"डोला।"

"कुत्ता क्या तुम्हारा है?"

"जी।"

"तुम क्या काम करते हो?"

"जब डाकबंगले में कोई अफसर आता है, तो नीचे जंगल से लकड़ी काटकर लाता हूं।"

"और जब कोई अफसर नहीं आता?"

"तो यही लकड़ी बकरवाल लोगों के हाथ बेचता हूं।"

"और जब इस ढोक की घास सूख जाती है, और बकरवाल लोग दूसरे ढोक में निकल जाते हैं, तब तुम क्या करते हो?"

डोला ने मैदान के नीचे की तरफ ढलवान की ओर इशारा करते हुए कहा, "वे घर आप देख रहे हैं न? उस घर के आसपास की सारी ज़मीन मेरी है। नदी बहुत-सी ज़मीन बहा ले गई। लेकिन जो बच गई है, उसमें खेती-बाड़ी करता हूं।"

"इस पहाड़ी पथरीली ज़मीन में क्या होता होगा?"

"मक्का उगाता हूं।"

मेरे पिताजी चुप हो गए। वे सिर झुकाकर, बंसी की डोर लपेटने लगे। कुछ देर वह आदमी उसी तरह हमारे सिर पर खड़ा रहा, फिर पलटकर अपने घर की तरफ चला गया।

मेरे पिताजी ने मुझसे पूछा, "काका, तुमने किसी किसान का घर देखा है?"

"नहीं, पिताजी।"

"चलो, तुम्हें दिखाएं।"

मैंने डोला का घर देखा। मिट्टी की चार दीवारें थीं। मिट्टी की छत थी, जिसमें संथे की झाड़ियां कूट-कूटकर बिछाई गई थीं। घर में कोई खिड़की न थी, सिर्फ एक दरवाज़ा था। एक अंधेरे कोने में एक चूल्हा था। उसपर नीले पत्थर को तराशा हुआ एक टुकड़ा औंधा पड़ा था, जिसे पहाड़ी भाषा में 'तराड़' कहते हैं।

मेरे पिताजी ने पूछा, "वह तराड़ किसलिए है?"

डोला बोला, "यह तराड़ नहीं है, तवा है।"

"पत्थर का तवा?" मेरे पिताजी आश्चर्य से बोले।

डोला ने धीरे से सिर हिलाया। बोला, "इसपर रोटी पकाता हूं।

"इसपर रोटी पक जाती है?" तारां ने आश्चर्य से पूछा।

"देर में पकती है, लेकिन पक जाती है," डोला ने जवाब दिया।

मेरे पिताजी ने मेरी तरफ देखकर कहा, "देखा तुमने किसान का घर?"

मैंने कहा, "मगर इसमें तो कुछ भी नहीं है।"

"बेटे, किसान का घर इस बात से नहीं पहचाना जाता कि उसमें क्या है, बल्कि इस बात से कि उसमें क्या नहीं है।"

मैं कुछ कहने ही वाला था, कि इतने में कुत्ते के जोर-जोर से भूकने की आवाज़ बाहर से आई।

हम सब लोग जल्दी से बाहर निकले। हमने देखा कि जिस दीवार के नीचे डोला ने अपनी लकड़ी का गट्ठा गिराया था, वहां पर अब एक लड़की खड़ी थी। और वह अपने सिर पर वही लकड़ियों का गट्ठा उठाए हुए थी, और कालू उसका रास्ता रोके, ज़ोर-ज़ोर से भूक रहा था।

डोला ने आते ही कालू को भगा दिया। कालू दूर नहीं भागा, एक तरफ

खड़ा होकर भूंकने लगा। लड़की ने डोला को देखा, तो उसके चेहरे का रंग उड़ गया। उसने जल्दी से लकड़ी का गट्ठा ज़मीन पर फेंक दिया, और एक तरफ को भागने की कोशिश करने लगी। डोला ने जल्दी से उसे हाथ से पकड़ लिया, और बोला, "तो तू मेरी लकड़ियां चुराने आई थी ?"

लड़की ने धीरे से सिर हिलाकर स्वीकार किया। उसकी आंखें भय से फैली हुई थीं, और उसका सांवला चेहरा बिलकुल पीला पड़ गया था, और उसके पतले-पतले होंठ भय से कांप रहे थे। वह हम सबको देखकर सहम गई थी, और उसकी आंखों में आंसू आ गए थे।

"तुम बकरवालों की लड़की हो?" डोला ने पूछा।

लड़की ने फिर धीरे से सिर हिलाकर स्वीकार किया।

"तुम्हारा नाम क्या है ?"

"तोरुजा।"

"तू लकड़ियां क्यों चुरा रही थी ?" मेरे पिताजी ने पूछा।

"रोटी पकाने के लिए।"

"तू आप जंगल से काटकर क्यों नहीं लाती ?"

"मुझे जंगल में जाते हुए डर लगता है।"

"तो अपने भाई को भेज दिया होता।" मेरे पिताजी ने कहा।

"मेरे कोई भाई नहीं है। एक मां है, और वह बुड्ढी है। मैं दिनभर भेड़ों के गल्ले को संभालती हूं। मां रोटी पकाती है। जंगल कौन जाए ?"

"तो आज से पहले कौन जाता था ?"

"मानो जाता था ?"

मानो कौन था, यह हममें से किसीको मालूम न था। डोला बोला, "तो अब मानो क्यों नहीं जाता ?"

लड़की ने आंखें झुका लीं। उसके पतले-पतले होंठ कांपते गए। वह धीरे से बोली, "मानो ने शादी कर ली है।"

डोला देर तक तोरुजा के चेहरे की ओर देखता रहा। आखिर उसने लड़की के पांव के पास पड़े हुए लकड़ी के गट्ठे को उठाकर उसके सिर पर रख दिया, और कहा, “आज ले जा। मगर फिर कभी चोरी न करना।”

डोला किसान के घर से कर, मेरे पिताजी फिर तुंग के पेड़ के नीचे बैठकर, बंसी के कांटे में एक छोटा-सा कीड़ा लगाते हुए बोले, “चार नंगी दीवारें, एक नंगा फर्श, पत्थर का तवा......देखा, बेटा, तुमने? उस किसान को ज़िन्दगी की वे सारी सुविधाएं प्राप्त हैं, जो एक ट्राउट मछली को प्राप्त हैं।”

“पर डोला तो मछली नहीं है,” मैंने कहा।

“डोला तो मछली नहीं है, चाचाजी,” तारां ने भी कहा।

“हां बेटी, नहीं है,” मेरे पिताजी ने बड़ी उदासी से कहा, “पर कभी-कभी मैं सोचता हूं, कि मछली से इनसान बनने तक इनसान ने जो यह करोड़ों बरस का फासला तय किया है, तो किसलिए किया है?”

पिताजी ने उसके बाद हमसे बात नहीं की। और चूंकि उनकी बात हमारे पल्ले नहीं पड़ी थी, इसलिए हम भी पिताजी को मछली के शिकार में लगे छोड़, अपनी गेंद लेकर वहां से दूर घास के मैदान में खेलने के लिए चले गए।

मेरे पिताजी बड़े अजीब आदमी हैं। कभी-कभी ऐसी बात करते हैं, जो किसीकी समझ में नहीं आती।

इस घटना के तीन दिन बाद हम लोग अशमां झील के किनारे कुमुदिनी के फूलों के हार बना रहे थे, क्योंकि पिताजी ने आज यहीं किश्ती में बैठाकर हमें झील की सैर कराई थी और झील में जगह-जगह कुमुदिनी के फूल चौड़े-चोड़े पत्तों पर तैर रहे थे, और गुलाबी फूलों को देखकर तारां का जी ललचा गया था, और मेरे पिताजी ने उस झील की सतह से फूल तोड़ दिए थे। और अब वह उन फूलों को इकट्ठा करके नदी-किनारे, जहां से झील का पानी नदी में गिरता था, बैठकर उनके हार बना रहे थे। तारां डाकबंगले के चौकीदार से

सुई और धागा मांग लाई थी, और बड़ी कुशलता से हार बना रही थी। हार बनाकर एक हार उसने अपने गले में पहन लिया, एक हार मेरे गले में डाल दिया; और शेष फूल जो बच गए थे, उन्हें उसने अपने बालों में उड़स लिया। और वह उस समय बिलकुल झील की रानी मालूम हो रही थी।

ठीक उसी समय डोला अपने कुत्ते को लेकर उधर से निकला। हमें खेलते देखकर वह रुक गया। उसके हाथ में लकड़ी की एक छोटी-सी पनचक्की थी। उसने हमारे पास बैठकर, नदी के दो पत्थरों के बीच उस लकड़ी की पनचक्की को फंसा दिया। और जब पनचक्की अच्छी तरह से दो पत्थरों के बीच फंस गई, तो उसके पहिये पानी में ज़ोर-ज़ोर से घूमने लगे, बिलकुल इस पनचक्की की तरह, जिसमें लोग आटा पिसाते हैं।

तारां ने चिल्लाकर कहा, "मैं यह पनचक्की लूंगी। मैं यह पनचक्की लूंगी।"

मैंने कहा, "नहीं, मैं लूंगा। नहीं जी, मैं लूंगा डोला, यह पनचक्की मेरी है।"

डोला ने कहा, "मेरे पास दो पनचक्कियां हैं, और मैं एक-एक पनचक्की तुम दोनों को दे सकता हूं।"

"तो जल्दी से निकालो," मैंने कुलता से कहा।

"पर एक चीज़ मुझे भी चाहिए।"

"क्या?"

"वह रबड़ की गेंद।"

"नहीं, मैं अपनी रबड़ की गेंद नहीं दूंगा, कभी नहीं दूंगा," मैंने ज़ोर-ज़ोर से चिल्लाकर कहा।

तारां की ललचाई हुई निगाहें अभी तक पनचक्की पर गड़ी थीं। यकायक वह मेरी तरफ देखकर, आदेशपूर्ण स्वर में बोली, "क्यों नहीं दोगे? तुम्हारे पास तो दो ऐसी गेंदें हैं।"

"नहीं। मैं नहीं दूंगा। मैं नहीं दूंगा। और यह पनचक्की भी लूंगा।" मैंने

हठ करते हुए कहा।

"अच्छा, जैसी तुम्हारी मरज़ी," डोला पत्थरों के बीच से अपनी पनचक्की को निकालते हुए बोला।

"नहीं, इसे यहीं रहने दो," तारां बड़े तेज़ स्वर में बोली, "इसे गेंद दो जी, नहीं तो मैं तुमसे नहीं बोलूंगी, कभी नहीं बोलूंगी, एकदम कुट्टी कर लूंगी।"

आखिर मुझे गेंद देनी ही पड़ी। पर मेरी समझ में नहीं आता था कि क्या करूं, क्या न करूं। एक तरफ तारां रूठी बैठी थी, एक तरफ पनचक्की चल रही थी, और एक तरफ वह खूबसूरत गेंद थी। मैंने एक आह भरी, और आखिरकार गेंद डोला को दे दी। डोला ने दूसरी पनचक्की भी नदी के दो पत्थरों को मिलाकर उनमें फंसा दी। और जब पनचक्की अच्छी तरह से चलने लगी, तो मेरी गेंद लेकर झट वहां से रवाना हो गया, कि कहीं मैं अपनी बात बदल न दूं।

"हुंह! भला यह गेंद को लेकर क्या करेगा?" मैंने तारां से कहा, "गेंद से बच्चे खेलते हैं, और बड़े कभी नहीं खेलते। मैंने तो अपने पिताजी को कभी गेंद खेलते हुए नहीं देखा।"

"आहा जी, मेरी पनचक्की तुम्हारी पनचक्की से तेज़ चल रही है।" तारां खुशी से ताली बजाती हुई बोली। वह मेरी गेंद को बिलकुल भूल चुकी थी।

स्वार्थी! चुड़ैल!

मैंने गुस्से में आकर तारां का गाल पकड़कर नोच दिया, और उसे चुटिया से पकड़कर खूब पीटा। मुझे गेंद के चले जाने पर बहुत गुस्सा आ रहा था।

दिन-भर हमारी कुट्टी रही। पर शाम की चाय के समय फिर सुलह हो गई। हम लोग डाकबंगले के बरामदे में चाय पी रहे थे, कि डोला सिर पर लकड़ी का एक भारी गट्ठा उठाए हुए आया। लकड़ी का गट्ठा उसने बरामदे के फर्श से नीचे घास के एक तख्ते पर फेंक दिया, और स्वयं पसीना पोंछते

हुए बरामदे के फर्श पर हमारे पैरों के पास बैठकर सुस्ताने लगा।

मेरे पिताजी ने उसे चाय की दो प्यालियां पिलाईं, और उससे इधर-उधर की बातें करते रहे। जब डोला चाय पीकर अच्छी तरह। सुस्ता चुका, तो उठकर चलने लगा, चलते-चलते रुककर, मेरे पिताजी से पूछने लगा, "डाक्टर साहब, यह लोहे का तवा कितने का आता होगा?"

"मेरे खयाल में दो-ढाई रुपये का होगा। क्यों?"

"कुछ नहीं। यों ही पूछा।"

और जब डोला कुछ सोचता हुआ वहां से चला गया, तो मेरे पिताजी आप ही आप मुस्कराने लगे।

दो दिन बाद हमें पता चल गया, कि डोला ने गेंद का क्या किया था।

मैं और तारां नर्गिस की ऊंची-ऊंची डण्डियोंवाले पौधों में आंख-मिचौली खेल रहे थे, और कोई भी हमें दूर से देख सकता था। यकायक तारां ने मेरे मुंह पर हाथ रखकर कहा, "श-श! वह देखो।"

"कहां?"

तारां ने नर्गिस की कुछ डण्डियां अपने सामने से हटाईं। सामने नदी का किनारा नज़र आ रहा था। नदी के उस पार तोरुजा अपने दोनों पांव पानी में डाले, हमारी गेंद से रेत पर खेल रही थी। गेंद बार-बार उछलती थी, और उसके हाथ में आ जाती थी। और तोरुजा मुस्कराते हुए कुछ गुनगुना रही थी। और जहां हम छिपे बैठे यह तमाशा देख रहे थे, वहां से कोई हमें न देख सकता था।

मैंने कहा, "मेरी गेंद तोरुजा के पास कैसे आई?"

"छी! तुम बड़े बुध्दू हो!" तारां ने मुंह बनाकर कहा, "यह गेंद तोरुजा को डोला ने दी है।"

"भला डोला ने इसे मेरी गेंद क्यों दी? मैं अभी जाकर अपनी गेंद उससे छीन लाता हूं।" मैंने बहुत बिगड़कर कहा।

मैं अपनी जगह से उठने ही वाला था, कि 'शी' करके तारों ने फिर मुझे अपने पास छिपा लिया। अब हमने देखा, कि नदी के इस किनारे सिर पर लकड़ियों का एक गट्ठा उठाए डोला इधर ही चला आ रहा है, जिधर हम छिपे बैठे हैं। तोरुजा ने उसे देखा, तो आपसे-आप हंस पड़ी, और गेंद को अपनी कमीज़ की जेब में डालकर, जल्दी से पानी में उतर गई। उसने अपनी सलवार घुटनों तक ऊंची कर ली थी। पानी में चलते-चलते वह दूसरे किनारे आकर डोला के पास खड़ी हो गई। उसकी आधी टांगें अभी तक नंगी थीं, और पानी में भीगी हुई थीं। और डोला तोरुजा की तरफ बड़ी अजीब नज़रों से देख रहा था। जब तोरुजा डोला के बिलकुल निकट आ गई, तो डोला ने अपनी आंखें उसकी आंखों में डाल दीं। दोनों देर तक एक-दूसरे की तरफ देखते रहे।

"ये कोई बात क्यों नहीं करते ?" मैंने तारां से पूछा।

"शी !" तारां ने गुस्से से मेरे मुंह पर हाथ रख दिया।

डोला ने अपने दोनों हाथों से लकड़ी के गट्ठे को संभाला और उसे धीरे से उठाकर बड़ी सावधानी से तोरुजा के सिर पर रख दिया।

तोरुजा ने लकड़ी का गट्ठा अपने सिर पर लेकर जल्दी से इधर-उधर देखा। फिर धीरे से बोली, "शाम को मिलूंगी—तुंग के पेड़ के नीचे। वह—ढलवानवाले तुंग पर।"

"भूल न जाना।"

"नहीं। मैं तुम्हारे लिए मक्का की रोटी और मक्खन और कद्दू का साग भी लाऊंगी। अच्छा, मैं चलती हूं। कोई देख लेगा।"

"थोड़ी देर तो ठहरो।"

"नहीं, कोई देख लेगा," कहकर तोरुजा जल्दी से नदी पार करके चली गई।

डोला इस किनारे बैठ गया, और देर तक तोरुजा को जाते देखता रहा।

"कोई देख लेता, तो क्या होता?" मैंने तारां से पूछा।

तारां ने सोचकर कहा, "शायद वे लोग तोरुजा से उसकी गेंद छीन लेते।"

हमें आए हुए यहां आठ दिन हो गए थे, और अब हमें यह जगह बिलकुल अच्छी नहीं लगती थी। जब हम यहां आए थे, तो यह जगह बहुत बड़ी और बहुत फैली हुई मालूम होती थी। लेकिन पिछले आठ दिनों में हमने इसका चप्पा-चप्पा देख डाला था। और अब यह जगह हर रोज़ सिकुड़ती जा रही थी, और अन्त में बिलकुल एक गेंद की तरह छोटी-सी दिखाई देने लगी थी। और मैंने अब तय कर लिया था, कि कल पिताजी से लौटने के लिए हठ करूंगा, और तारां भी मेरा साथ देगी।

पिछले दो दिन से माल मंत्री सरदार कृपालसिंह भी आ गए थे। वे कहीं दौरे पर जा रहे थे, और हमारे पिताजी के पास दो दिन के लिए रुक गए थे। मेरे पिताजी के आग्रह करने पर दोनों दोस्त दिनभर शतरंज खेलते रहते थे। और शतरंज के शौक में पिताजी ने ट्राउट मछलियों के शिकार को भी भुला दिया था।

तीसरे दिन सरदार कृपालसिंह ने पिताजी से विदा चाही। उनका सामान बंध चुका था, और अब वे आगे जानेवाले थे, और मेरे पिताजी से हाथ मिलाकर विदा हो रहे थे। सुबह का वक्त था। सर्दी खासी थी, और बरामदे के बाहर उनके घोड़े और खच्चर हिन-हिना रहे थे, और मज़दूर बोझ उठा रहे थे। इतने में एक अर्दली भागा-भागा आया, और माल मंत्री से हाथ जोड़कर बोला, "हुज़ूर, एक बेगार कम है। रात को एक बेगारी किसान भाग गया।"

माल मंत्री ने इधर-उधर देखा। ठीक उसी समय निगाह डोला पर पड़ गई। डोला अभी जंगल से लकड़ियां काटकर लाया था, और बरामदे में बैठा सुस्ता रहा था।

"इसे ले लो," माल मंत्री ने हाथ का इशारा करके कहा।

डोला चौंककर उठ खड़ा हुआ।

"नहीं हुजूर, नहीं। मैं नहीं जाऊंगा। मुझे यहां काम है।"

"काम का बच्चा!" माल मंत्री को एकदम गुस्सा आ गया। उन्होंने ज़ोर से डोला की पीठ पर हंटर मारकर कहा, "उठ, सुअर का बच्चा!"

डोला उठते ही भागा। दो अर्दली उसके पीछे दौड़े, और उसे पकड़ लाए।

माल मंत्री ने कहा, "साले के सर पर भी दो जूते मारो।"

"डोला के सिर और पीठ पर जूते मारे गए, जिससे उसका शरीर नीला पड़ गया। लेकिन फिर भी वह चिल्ला-चिल्लाकर कह रहा था, "मैं नहीं जाऊंगा। मैं नहीं जाऊंगा।"

"साला, बेगार नहीं देगा, तो यहां राजाजी का राज कैसे रहेगा?" माल मंत्री ने गरजकर कहा, "रखो इसके सर पर बोझ और मारो इसकी पीठ पर हंटर।"

दो आदमियों ने मिलकर उसके सिर पर बोझ रखा, और हंटर मारते हुए उसे आगे ले चले। डोला घूम-घूमकर पीछे देखता जाता था, और रोता जाता था। मुझे डोला पर बड़ा तरस आया; और जब डोला चला गया, तो मैंने पिताजी से पूछा, "चाचाजी डोला को क्यों मार रहे थे?"

"वह बेगार नहीं देता था, बेटा। और बेगार तो यहां हर किसान को देना पड़ता है। यह सरकारी कानून है।"

"कानून कैसा होता है, पिताजी?"

"जो राजाजी कह दें, वह कानून होता है," पिताजी ने बड़ी अन्यमनस्कता से कहा, और घूमकर कमरे के अन्दर चले गए। मुझे ऐसा लगा, मानो उन्हें इस समय मुझसे बात करना पसन्द नहीं।

उसी रात को तोरुजा हांफती-कांपती चौकीदार के पास आई, और उससे पूछने लगी, "डोला कहां है?"

"यहां नहीं है," चौकीदार ने रस्सी बटते-बटते कहा।

वह बड़ी कुशलता से रस्सी बना रहा था, और हम दोनों बच्चे उसे

देख रहे थे।

"कोते गुच्छा?" तोरुजा ने गूजरी भाषा में उससे पूछा।

"थो आई, चौकीदार ने हाथ उठाकर उत्तर की पर्वत-श्रेणी की ओर इशारा करते हुए कहा।

"कुदा छेस (कब आएगा) ?" तोरुजा ने डरते-डरते पूछा।

"क्या पता कि कब आएगा?" चौकीदार रस्सी को बल देते हुए बोला, "दस दिन में आए, बीस दिन में आए। सरकारी बेगार पर गया है। जब मालिक छोड़ेंगे, तब आएगा।"

तोरुजा धम्म-से ज़मीन पर बैठ गई, और रोने लगी।

चौकीदार देर तक रस्सी बटता रहा। उसका चेहरा कठोर और क्रोधभरा था। पर वह मुंह से कुछ नहीं बोला।

देर तक तोरुजा रोती रही। आखिर बोली, "हम बकरवाल लोग इस ढाके को छोड़कर कल जा रहे हैं।"

चौकीदार कुछ नहीं बोला।

"मुझे भी उनके साथ जाना पड़ेगा। लेकिन अगर डोला यहां होता..."

चौकीदार फिर भी कुछ नहीं बोला।

तोरुजा वहां से उठ गई, और नदी-किनारे जा बैठी। देर तक बैठी-बैठी हमारी गेंद से खेलती रही। वह खेलती जाती थी, और रोती जाती थी। कुछ अर्से के बाद उसने गेंद को सीने से लगाकर ज़ोर से पानी को सतह पर फेंक दिया।

नदी की लहरों पर लड़खड़ाती हुई गेंद दूर तक बहती चली भई। और जब तक वह गेंद उसे नज़र आती रही, तोरुजा टकटकी बांधे उसकी तरफ देखती रही। और जब गेंद नज़रों से ओझल हो गई, तो वह एक आह भरकर वहां से उठी, और भागती हुई बकरवालों के डेरों की तरफ गायब हो गई।

रात को पिताजी नित्य की अपेक्षा बहुत चुप-चुप-से थे।

हमने उनसे कहानी की फरमाइश की। पर उन्होंने हमें कहानी नहीं सुनाई। कहने लगे, "आज जल्दी सो जाओ। सुबह हम लोग वापस चलेंगे।"

ढक्की के नीचे

ढक्की के नीचे, पुलिस की गढ़ी के नीचे, कोई एक मील लम्बा विशाल क्षेत्र था और अपने इलाके के बच्चों के विचार में इससे लम्बा मैदान दुनिया में कहीं न होगा। उस मैदान में लगभग एक सौ दुकानों का बाज़ार होगा और इस बाज़ार के पीछे दोनों तरफ इलाके के सबसे गरीब लोगों के घर थे और इलाके के अत्यधिक धनी लोगों के घर भी इनमें थे।

दो मंज़िले, तीन मंज़िले बड़े घर, पत्थर की दीवारों के घर, टीन की छतों के घर ; घरों के बीच गलियां, गलियों में नुक्कड़ और नाके—जहां गंदे लड़के शोर मचाते हुए, नाक सुड़कते हुए कबड्डी खेलते थे। या काजी-कोलड़ा या शाह-चोर-डाकू। ढक्की के ऊपर की सबसे ऊंची सतह पर अफसरों के बंगले थे और ढक्की के नीचे मैदानी इलाके पर स्थानीय निवासियों के घर थे। विशेष अवसरों के सिवा अफसर-क्लास के बच्चों और घरवालों को इस तरफ आने की मनाही थी। इसी प्रकार स्थानीय निवासियों के बच्चे और स्त्रियां ढक्की की ऊंचाई पर बहुत कम आती थीं। यद्यपि इस प्रकार का ऐसा कानून न था और नोटिस भी नहीं लगा हुआ था, पर बस एक अलिखित-सा प्रतिज्ञा-पत्र था, जिसकी पाबंदी दोनों दुनिया में होती थी।

हमारी दुनिया अलग थी, उनकी दुनिया अलग थी। दोनों के मध्य एक बाह्य प्रकार की भिन्नता थी जिसकी तह के नीचे एक तेज़ गतिवाली धारा भी चलती थी ; जिसके कारण अफसर लोग वहां के निवासियों पर विश्वास न कर सकते थे। ना ही वहां के निवासियों को अफसरों पर पूरा भरोसा था।

यूं तो ऊंचे और नीचे लोगों में अविश्वास तो हो सकता है, विश्वास कैसे हो सकता है? एक आज्ञा देता है, दूसरा उस आज्ञा का पालन करता है। इस सम्बन्ध में प्रेम कहां से आएगा?

ढक्की के ऊपर रहनेवाले ढक्की के नीचे रहनेवालों को घृणा की दृष्टि से इसलिए भी देखते थे कि नीचेवाले इलाके में दिन-रात मार-पीट, सर-फुटौव्वल होती। प्रतिदिन दो-एक केस पुलिस के पास आ जाते और फिर घायल चारपाइयों पर लदे हुए अस्पताल पहुंचा दिए जाते। स्थानीय निवासियों से अफसर लोग बड़े तंग थे। यद्यपि यह भी सच था कि इन्हीं लड़ाइयों के कारण उनकी हुकूमत चलती थी और उनका डंडा चलता था और ऊंचाई और निचाई के बीच अंतर रखना और किसी प्रकार कठिन भी है। इसका अनुमान केवल वही लोग कर सकते हैं जो स्वयं ऊंचे पर रहते हों।

किन्तु यह भी सच है कि ढक्की के नीचे रहनेवाले लोगों के बिना ढक्की के ऊपर रहनेवालों का निर्वाह नहीं हो सकता था। हमारे नौकर वहीं से आते थे—अर्दली, बावर्ची, नौकर, मुर्गे-अंडे वाले, दूध, डबलरोटी, मक्खन, बिस्कुटवाले, कपड़े बेचनेवाले, कपड़े धोनेवाले, नाई, मोची, सुनार, लुहार, लकड़हारे। यह तो सच है कि यदि ढक्की के नीचे रहनेवाले लोग न हों तो हमारे घर में चूल्हा तक न जले। किन्तु यह एक ऐसी भयानक वास्तविकता थी जिसे सारे इलाके में कोई स्वीकार करने को तैयार न था। हम समझते थे और हमें समझाया जाता था कि दुनिया ऊंचाई पर स्थित है। इस ऊंचाई के नीचे कितनी निचाई है—इसका सामना करने के लिए हम तैयार न थे।

बचपन में मुझे इन तमाम बातों का इतना गहरा और स्पष्ट अहसास न था। बहुत-सी बातें गडमड थीं, जिन्हें ढक्की के ऊपर रहनेवाले लोग अपनी बातों से और गडमड कर देते थे। मुझे बार-बार बताया जाता था कि ढक्की के नीचे के लोगों से अधिक बातें नहीं करनी चाहिए। उनसे

दूर रहना चाहिए। उनके इलाके में नहीं जाना चाहिए। वे लोग चोर और बदमाश हैं ; धोखेबाज़ और बेईमान हैं, लड़ैत हैं और नफरत करनेवाले हैं। वे लोग जीना नहीं जानते। सभ्यता उन्हें छू नहीं गई है। ऐसे लोगों से हमारा क्या सम्बन्ध ?

एक दिन लगा कि जैसे सारा अस्पताल घायलों से भर गया। दस-बारह चारपाइयां घायलों से लदी हुई पुलिसवालों की निगरानी में पहुंचीं और यह भी सुना कि दो-चार और आ रही हैं। ढक्की के नीचे रहनेवालों में बड़ी भयानक लड़ाई हुई थी। पन्द्रह-बीस आदमी घायल हुए थे, जिनमें से दो की दशा शोचनीय थी।

पिताजी ऊपर अस्पताल से नीचे केवल यह कहने आए थे मेरी मां से कि देखो, आज काके को ऊपर न भेजना। सारा अस्पताल घायलों से भरा पड़ा है। संभव है, दो-तीन उनमें से मर-मरा जाएं और उसका बच्चे पर बहुत बुरा प्रभाव पड़ता है।

और मेरी मां यह सुनकर एक रंगीन कहानियोंवाली पुस्तक लेकर मेरे पास बैठ गईं और दूर देशों की परियों की काल्पनिक कथाएं सुनाने लगीं। किन्तु मेरा हृदय तो ऊपर अस्पताल के घायलों में था। कैसी लड़ाई हुई ? क्यों हुई? कैसे-कैसे वे लड़नेवाले लोग होंगे ? पन्द्रह-बीस घायल और साथ में पचास-साठ दूसरे आदमी भी आए होंगे ! शायद ढक्की के नीचे के कुछ बच्चे भी होंगे ! ऊपर अस्पताल में इतनी गहमागहमी है और यहां एक राजा के बेटे को एक परी ने जादू के ज़ोर से मेढ़क बना दिया है। किस कम्बख्त को मेढ़कों में दिलचस्पी है ? मांजी किसी प्रकार मेरे समीप से हटें तो मैं ऊपर अस्पताल को भागूं। किन्तु जब इसमें पन्द्रह मिनट गुज़र गए और मांजी किसी प्रकार न हटीं और कहानी लम्बी होती गई, तो अचानक मेरे पेट में दर्द शुरू हो गया, और जब सोडा मिन्ट खाने पर भी दूर न हुआ तो मांजी ने किरपा को बुलाकर कहा, "ऊपर अस्पताल जाकर डाक्टर साहब

से पेट के दर्द की दवा ले आ। काके के पेट में दर्द होता है।"

"मैं खुद चला जाता हूँ," मैंने अत्यन्त कोमलता से परामर्श दिया।

"नहीं!" मांजी बड़ी कठोरता से बोलीं।

मैंने कहा, "पेट में सिर्फ दर्द ही नहीं, बल्कि एक गोला-सा भी मालूम होता है।"

"गोला-सा भी?" मांजी ज़रा परेशान होकर बोलीं।

"और गोले के अन्दर एक ढोला-सा भी बजता है—घूं...घूं...घूं।"

"गोले के अन्दर ढोला?" मांजी और भी घबरा गईं।

"और ढोले के अन्दर एक फफोला-सा उठता है। ऐसा लगता है पेट अभी फट जाएगा।" मैंने पेट को ज़ोर से पकड़ते हुए कहा।

मांजी बिलकुल घबरा गईं। "किरपे, तू जल्दी से काके को डाक्टर साहब के पास ले जा और जाके दिखा दे। और कह देना—सब काम छोड़कर पहले काके के लिए दवा दे दें।"

"जी बहुत अच्छा!" कहकर किरपा मुझे हाथ से पकड़कर ले चला। मेरा एक हाथ किरपा के हाथ में था और दूसरे हाथ से मैं अपना पेट पकड़े हुए था। जब तक बरामदे का कोना नज़र आता रहा, मैं इस तरह पेट पकड़कर चलता रहा; परन्तु ज्योंही मैं बंगले के पीछे पहुंचा, मैंने एक झटका देकर किरपे से हाथ छुड़ा सीधा अस्पताल का रास्ता लिया और जाते-जाते किरपे से कह दिया, "अगर मांजी से कुछ नहीं कहेगा तो दुअन्नी दूंगा।"

किरपे का चेहरा प्रसन्नता से खिल गया। एक तो वह बेहद लालची, दूसरे मेरे बनावटी काम के सिलसिले में उसे भी घंटे पौन घंटे की छुट्टी मिल रही थी। सौदा बुरा नहीं था। सो वह उसे क्यों न स्वीकारता?

मैं भागता हुआ अस्पताल के समीप पहुंच गया। बरामदे में तिल धरने की जगह न थी। सारा बरामदा घायलों की चारपाइयों से भरा पड़ा था,

बल्कि कुछ चारपाई बरामदे के बाहर बाग के एक कोने में पड़ी थीं और दूसरे कोने में कुर्बानअली सार्जेण्ट पूरनमल शाह और दूसरे बेफिक्रों को लड़ाई के किस्से सुना रहा था। मैं भी मजमे में सम्मिलित होकर उनकी बातें सुनने लगा।

"हां...कह तो रहा हूं, बता तो रहा हूं...झगड़ा कोई आज का नहीं है, कल का नहीं है—झगड़ा बहुत पुराना है। यह समझ लो कि एक तरफ चौधरी खुशीराम का मकान है, दूसरी तरफ मुलदयालों के सरदार शहबाज़ खान का मकान है। बीच में यह ज़मीन है, जिसपर दोनों अपना-अपना हक जतलाते हैं।"

"पर वास्तव में ज़मीन किसकी है?" कहरसिंह सुनार ने पूछा।

"इसीका तो झगड़ा है कि ...कह तो रहा हूं...बता तो रहा हूं...ज़मीन ही का तो झगड़ा है। तहसीलदार कुछ कहता है, गिरदावर कुछ कहता है, पटवारी कुछ बताता है। जो ज़्यादा रिश्वत दे दे ज़मीन उसकी हो जाती है। कभी चौधरी खुशीराम की हो जाती है, कभी शहबाज़ खान की। पर किसीके नाम अभी तक नहीं लिखी गई है।"

"अभी तक क्यों नहीं लिखी गई?"

"किसीके नाम चढ़ जाती तो ज़मीन का सारा झगड़ा ही मिट जाता। कह तो रहा हूं...बता तो रहा हूं...।" कुर्बानअली एक समझदार फिलासफर की तरह हाथ हिलाते हुए बोला, "एक तरफ मुलदयालों का लड़ाका सरदार शहबाज़ खान और दूसरी तरफ मुह्याल ब्राह्मणों का मुखिया चौधरी खुशीराम, नम्बरी लड़ैत और लट्ठमार। दोनों अमीर और ताकत के नशे में फूले हुए। एक को मुसलमानों के बहुमत की हिमायत और दूसरे को हाकिमों की हिमायत पर घमण्ड।"

"वह तो ठीक है, पर यह मलिक अता मुहम्मद कैसे बीच में आ गया?" पूरनमल शाह ने पूछा, "झगड़ा तो चौधरी खुशीराम और शहबाज़

खान का था।"

"...कह तो रहा हूं...बता तो रहा हूं..." कुर्बानअली ने मज़े से सिगरेट का कश लेकर कहा, "एक रात परमेसर का नाम लेकर चौधरी खुशीराम ने झगड़ेवाली ज़मीन पर मकान बनाना शुरू किया और रातोंरात दीवार खड़ी कर दी। जिसे दूसरे दिन अल्लाह का नाम लेकर शहबाज़ खान ने गिरा डाला। दूसरी रात फिर चौधरी खुशीराम ने दीवार बना दी, जिसे तीसरे दिन फिर शहबाज़ खान ने गिरा दिगा। पूरे बारह दिन से यही किस्सा चलता रहा। अन्त में चौधरी खुशीराम के बड़े हवलदार आत्माराम को गुस्सा आ गया। वह एक महीने की छुट्टी पर घर आया हुआ है। वह एक गंडासा लेकर घर से बाहर निकल आया और लगा शहबाज़ खान को मुकाबले पर ललकारने। उधर मुलदयाल भी सरदारों का सर दार है। एक ज़माने में उसके बुज़ुर्गों ने इस इलाके पर हुकूमत की है। उसे भी तैश आ गया और वह भी अपने खानदानवालों को लेकर लड़ाई के लिए बाहर निकल आया। उधर ब्राह्मण भी तुम जानते हो बड़े खूंखार होते हैं। अपने-आपको परसराम की औलाद कहते हैं और अंग्रेज़ी सरकार की फौज में भरती होकर बड़ा नाम पाते हैं। वे सब लोग हल्ला बोलकर चौधरी खुशीराम की टोली में शामिल होते गए और बिलकुल निकट था कि हिन्दू-मुस्लिम फिसाद शुरू हो जाता, पर उसी वक्त मलिक अतामुहम्मद बीच में कूद पड़ा।"

"मलिक अता मुहम्मद को क्या पड़ी थी ?" पूरनमल शाह ने पूछा।

"कह तो रहा हूं...बता तो रहा हूं...मलिक अता मुहम्मद अपने दो बेटों जान मुहम्मद और गुलाम मुहम्मद और खानदानवालों को लेकर बीच में आ गया। उसने चौधरी खुशीराम को तो परे हटा दिया और बोला—चौधरी, तू बीच में मत बोल! यह लड़ाई तो मेरी है। इतना कहकर उसने चौधरी खुशीराम को सच ही परे हटा दिया और शहबाज़ खान को ललकार कहने लगा—इस ज़मीन पर तो चौधरी खुशीराम का मकान बनेगा। चोरी-

छुपे नहीं, दिन-दहाड़े बनेगा। अगर तुझमें मुकाबला करने की हिम्मत है तो मूंछ ऊंची करके सामने आ जा।

"इसके बाद लड़ाई कैसे न होती? यह सुनते ही शहबाज़खां ने मलिक अता मुहम्मद पर छुरी का वार किया और दोनों में घमासान लड़ाई होने लगी। कुश्तों के पुश्ते लग गए।"

"और पुलिस कहां थी?" फत्तु कुम्हार ने पूछा।

कुर्बानअली सार्जेण्ट ने फतहदीन कुम्हार को भयानक दृष्टि से देखा और क्रोध से बोला, "...कह तो रहा हूंबता तो रहा हूं...मौज़ा लालगढ़ी में एक फरार मुजरिम को पकड़ने के लिए गया हुआ था दो सिपाहियों को साथ लेकर। थानेदार साहब चककलां पर तफतीश के लिए गए हुए थे। हवलदार नियाज़ मुहम्मद के पेट में दर्द था और चार सिपाही छुट्टी पर थे। पर मैंने आते ही मामले को हाथ में ले लिया। और अब तो थानेदार साहब भी तफतीश अधूरी छोड़कर आन पहुंचे हैं।"

"मगर यह तो तुमने बताया ही नहीं कि मलिक अता मुहम्मद को क्या पड़ी थी...?"

"मलिक अता मुहम्मद तो ऐसा घायल हुआ है कि उसके और उसके बड़े बेटे जान मुहम्मद के बचने की तो कोई उम्मीद ही नहीं है। अभी मजिस्ट्रेट लालखान भी अन्दर गया है। और थानेदार साहब भी अन्दर डाक्टर साहब के पास मौजूद हैं। मेरा खयाल है, मलिक अता मुहम्मद का बयान हो रहा होगा। तब मालूम होगा कि उसको क्या पड़ी थी कि पराये फट्टे में अपनी टांग अड़ाकर अपनी जान की बाज़ी लगा दी।"

यह कहता हुआ, सिगरेट का कश लगाता हुआ कुर्बानअली मजमे को वहीं बरामदे के बाहर छोड़ बरामदे की सीढ़ियां चढ़ने लगा। मैं भी उसके पीछे-पीछे हो लिया। बरामदे में बहुत भीड़ थी। पर लोगों ने सार्जेण्ट

को देखकर रास्ता दे दिया। मैं भी कुर्बानअली के साथ-साथ अस्पताल के अन्दर चला गया। यद्यपि दरवाज़े पर पहरा था पर सब लोग मुझे पहचानते थे, इसीलिए किसीने मुझे नहीं टोका।

कुर्बानअली आपरेशन-रूम के अन्दर चला गया। मैं भी उसकी आड़ लेकर उसके पीछे खड़ा हो गया, इसलिए किसीने मुझे नहीं देखा।

कुर्बानअली की ऊंची लम्बी टांगों के बीच में से मैंने देखा कि एक चारपाई पर जान मुहम्मद की लाश पड़ी है। सिर से पांव तक ढकी हुई। और एक चारपाई पर मलिक अता मुहम्मद सख्त घायल दशा में पड़ा है। मजिस्ट्रेट लालखान उसका बयान कमलबन्द कर रहा है। एक कुर्सी पर डाक्टर साहब बैठे थे, एक पर थानेदार साहब। उनके पीछे चौधरी खुशीराम अपनी बड़ी पगड़ी संभालता हुआ खड़ा था।

"परन्तु मलिक अता मुहम्मद, तुमने दूसरों की लड़ाई में क्यों दखल दिया? ज़मीन का झगड़ा तो शहबाज़ खान और चौधरी खुशीराम के बीच था। तुम बीच में क्यों कूद पड़े?" मजिस्ट्रेट लालखान ने पूछा।

मलिक अता मुहम्मद धीरे-धीरे बोल रहा था, जैसे एक-एक शब्द को तोल रहा हो। " सरकार को १९०५ की प्लेग तो याद न होगी! सरकार तो अभी यहां आए न थे। लेकिन जो उस ज़माने के लोग यहां मौजूद हैं, वे जानते हैं कि हमारे इलाके में इससे बड़ी तबाही का ज़माना कभी नहीं आया। हर रोज़ लोग दर्जनों, कभी सैकड़ों की तादात में मरते थे। सरकारी बैलगाड़ियां आती थीं और लाशों को लादकर ले जाती थीं। लोग इलाके को छोड़कर भाग रहे। थे। मां को बेटे की परवाह न थी, बेटे को बहिन की। अन्दाज़न मेरी उम्र उन दिनों मुश्किल से बीस साल की होगी। घर में सबसे पहले मुझे प्लेग हुई और मुझे प्लेग में फंसा देखते ही घरवाले घर छोड़कर भागने लगे। मैं बुखार में फुंक रहा था। लेकिन किसीने मेरी बात न पूछी। कोई मेरे नज़दीक नहीं आया। हाय-हाय करके सब लोग अपनी जान लेकर

भागे—मां भी, भाई भी, बहिन भी, बाप भी—पल-भर में घर खाली हो गया। मैं भी उनके पीछे यह कहता हुआ भागा—अरे ज़ालिमो! कहां जा रहे हो? मुझे भी साथ लेते चलो। लेकिन वे सब लोग मुझे देखकर इस तरह भागे जैसे में इंसान नहीं भूत हूं।

" मैं बेहोश होकर दरवाज़े के बाहर गिर पड़ा। फिर मुझे याद नहीं क्या हुआ। कब तक मैं बेहोश रहा। इस बेहोशी के आलम में सरकारी बैलगाड़ी आई और मुझे मुर्दा समझकर ढोने लगी। उन्होंने मुझे मुर्दा समझकर बैलगाड़ी में रख लिया था कि इतने में चौधरी खुशीराम के पिता स्व० चौधरी सीताराम कहीं से आ निकले। उन्होंने मेरी हिलती हुई टांगों को देखकर अन्दाज़ा लगाया कि मुझमें अभी जान बाकी है। उन्होंने उसी वक्त बैलगाड़ी से मुझे उतरवा लिया। खुद अपने कंधों पर उठाकर अपने घर पर ले गए और उनकी दिन-रात की सेवा से और दवादारू से मैं अच्छा हो गया। फिर प्लेग दूर हो गई। फिर इलाके के लोग वापस आ गए। फिर मेरा घर भी बस गया। फिर मेरी शादी भी हो गई। मेरे घर बच्चे-बाले हुए। मुझे इज़्ज़त और खुशी मिली। मगर सरकार, मेरी जान तो चौधरी स्व० सीताराम की दी हुई थी। वह जान आज उसके खानदानवालों के काम आ गई। इसकी मुझे बड़ी खुशी है।" मलिक अता मुहम्मद इतना कहकर खामोश हो गया। उसका चेहरा पीला पड़ गया और उसकी सांस रुक-रुकर चलने लगी और फिर बड़ी कठिनाई से उसने आंखें खोलीं और चौधरी खुशीराम को इशारे से अपने पास बुलाया, अपना हाथ उसके हाथ में देकर कहा :

"चौधरी खुशीराम, उस वक्त से एक जान का कर्ज़ा तुम्हारे खानदान का हमारे खानदान पर चला आता है। आज मैंने वह कर्ज़ा उतार दिया, बल्कि एक जान का और कर्ज़ा तुम्हारे ऊपर चढ़ा दिया। ठीक है?"

चौधरी खुशीराम अपने आंसू पोंछते हुए बोला, "हां, ठीक है।"

देर तक खामोशी रही। फिर धीरे मलिक का हाथ चौधरी के हाथ से पृथक होकर अपने सीने पर चला गया। उसकी आंखें बन्द हो गईं और उसके रुकते हुए गले से इतना निकला, "मुझे मेरे बेटे की कब्र के साथ दफन करना।"

फिर उसके गले से रुक-रुककर 'अल्लाह-अल्लाह' की आवाज़ निकलने लगी। फिर वह आवाज़ भी खो गई। फिर एक हिचकी आई और डाक्टर साहब ने उसकी नब्ज़ छोड़कर कहा :

"खत्म हो गया।'

लालखान मजिस्ट्रेट ने बयान कलमबंद करके अपना कलम छोड़ दिया था। उसकी आंखें आंसुओं से भरी हुई थीं। डाक्टर साहब और थानेदार, दोनों रो रहे थे। चौधरी खुशीराम मलिक की लाश से लिपटा धाड़ें मार-मारकर रो रहा था।

मजिस्ट्रेट लालखान ने अपनी कुर्सी छोड़ दी। स्वयं अपने हाथ से मलिक अता मुहम्मद की लाश को सिर से पांव तक चादर से ढक दिया। मेरे पिताजी का हाथ ज़ोर से दबाता हुआ बोला :

"इस ढक्की की पस्तियों में भी कैसी-कैसी बुलन्दियां हैं।"

फिर उस अपरेशन-रूम में बहुत-से लोग एकसाथ खड़े होकर फातिहा पढ़ने लगे।

सरताज

एकदिन समाचार मिला कि फज्जा डाकू मारा गया है और पुलिसवाले उसके शव को पोस्टमार्टम के लिए अस्पताल में ला रहे हैं।

फज्जे ने काफी समय से रियासत की सीमावर्ती तहसील फतहगढ़ में विद्रोह फैला रखा था, और राजाजी ने उसकी लूटमार से तंग आकर घोषणा कर दी थी कि जो कोई व्यक्ति फज्जे का सिर काटकर उनके दरबार

में पेश करेगा, उसे दस हज़ार रुपया नकद, खिलअत तथा जागीर इनाम में दी जाएगी। फतहगढ़ का सरदार मूसा खां बहुत दिनों से फज्जे की ताक में था ; और चारों ओर उसने अपने आदमी इस काम के लिए फैला रखे थे। एक दिन आधी रात के करीब जब फज्जा फतहगढ़ के किले के नीचे सरदार मूसा खां के गांव के निकट से गुज़र रहा था तो मूसा खां के आदमियों ने उसकी पीठ में छः गोलियां मारकर हत्या कर दी और अब वह फज्जे की लाश को उठवाकर अपने समर्थकों तथा शनाख्ती गवाहों के साथ सदर मुकाम पर आया था ताकि खिलत, जागीर और दस हज़ार रुपया नकद वसूल कर सके।

सरदार मूसा खां अपने इस कार्य पर बेहद ही प्रसन्न था क्योंकि फज्जे ने, जिसका असली नाम फैज़ मुहम्मद खां था, एक लंबे समय से फतहगढ़ तथा दोहाला के इलाके में उपद्रव मचा रखा था। फतहगढ़ का इलाका राजाजी की रियासत में और दोहाला का इलाका अंग्रेजी सरकार के अधीन था। परन्तु लोग कहते हैं कि आज से एक सौ वर्ष पहले इन दोनों इलाकों में गखड़ों का स्वतन्त्र राज्य था जोकि इन इलाकों में आबाद थे। परन्तु इस स्वतन्त्र राज्य को एक ओर से अंग्रेज़ों ने और दूसरी ओर से राजाजी के दादाजी ने आक्रमण द्वारा खत्म कर दिया था। गखड़ इस दुमुखी आक्रमण के सामने न ठहर सके और वीरता, बहादुरी तथा जीदारी से लड़ने के बावजूद हार गए। लेकिन हार जाने के बावजूद वास्तविकता यह है कि ये इलाके अभी भी पूर्ण रूप से वश में नहीं लाए जा सके। उन इलाकों में आज तक सदैव कभी न कभी कोई विद्रोह होता ही रहता है। इसलिए अंग्रेज़ी सरकार ने दोहाला के स्थान पर एक बहुत बड़ी फौजी छावनी स्थापित की थी और इधर रियासती इलाके में राजाजी की एक-तिहाई सेना फतहगढ़ के किले और दोहाला तथा कोट बलेर खां की गढ़ियों में गखड़ों को कुचलने के लिए सदैव प्रस्तुत रहती थी।

फज्जा अपने इलाके के लोगों में किसी प्रकार की लूटमार नहीं करता था। पहले तो वह दोहाला के इलाके में अपने विद्रोही गखड़ों के साथ पुलिस की चौकियों पर हमले करता रहा। लेकिन जब अंग्रेज़ी पुलिस ने उसका नातका बंद कर दिया और चारों ओर अपने जासूसों का जाल फैला दिया तो फज्जा सून दरिया पार करके रियासत के इलाके में चला आया। पहले तो केवल दोहाला के डिप्टी कमिश्नर ने उसकी गिरफ्तारी के लिए पांच हज़ार का इनाम रखा था। परन्तु जब फज्जे ने एक दिन फतहगढ़ तहसील के खज़ाने को दिनदहोड़ लूट लिया, तो इस घटना के बाद राजाजी भी उसकी जान के दुश्मन हो गए और उन्होंने उसके सिर के लिए दस हज़ार का इनाम रख दिया। लेकिन इस इनाम के रखने के डेढ़ साल बाद भी फज्जा किसीके हाथ न आया और निरंतर अपने साहसी आक्रमणों में व्यस्त रहा। यूं भी दोहाला और फतहगढ़ के इलाकों में किसी डाकू को पकड़ना आसान नहीं है। यह इलाका कठिन रास्तों, ऊसर मैदानों तथा टेढ़ी-मेढ़ी पहाड़ियों से भरपूर है जहां नंगी चट्टानों और सन्नचे की झाड़ियों के अतिरिक्त और कुछ नज़र नहीं। आता। पानी दुर्लभ है। वर्षा कम होती है। केवल कहीं-कहीं इक्का-दुक्का घाटियों में ज्वार, बाजरे या मकई की फसल होती है। यहां के लोग बेहद गरीब तथा परिश्रमी हैं और अपनी गरीबी के बावजूद अपने इलाके की आज़ादी पर जान देते हैं। प्रत्येक गांव में गुप्त रूप से बंदूकें तैयार होती हैं जो गैरकानूनी तौर पर अंग्रेज़ी इलाके में बेची जाती हैं और यही इन लोगों का सबसे बड़ा व्यापार है।

फज्जा कोट बलेरखां का रहनेवाला था और एक लोहार का बेटा था और बंदूक की नालियां बहुत ही उम्दा बनाता था। उसके हाथ की बनी हुई बंदूकें दूर-दूर तक जाती थीं। इसी व्यापार के संबंध में यह एक बार दोहाला के करीब अपनी बंदूकें बेचता हुआ पकड़ा गया और तीन साल के लिए जेल में डाल दिया गया। परन्तु फज्जा बेहद बेचैन और विद्रोही स्वभाव का

व्यक्ति था। डेढ़ साल जेल काटने के पश्चात अंग्रेज़ी जेल से फरार हो गया और अपने इलाके की शरण लेकर डाकू बन गया।

शायद फज्जा अभी तक जीवित रहता यदि उसे खानम से प्रेम न हो गया होता। खानम सरदार मूसा की लड़की थी और सरदार मूसा खां फतहगढ़ का नम्बरदार था तथा अपने इलाके का सबसे बड़ा ज़मींदार था। सुना है कि वह इतनी सुन्दर थी कि रावलपिंडी और गूजरखां के अंग्रेज़ी इलाके तक से उसके विवाह के संदेश आते थे। फज्जा इसी खानम पर मर-मिटा था।

फज्जे ने खानम को सबसे पहले सून के मेले में देखा था। सून का मेला हर साल बरसात के मौसम में सून दरिया के किनारे होता है। एक तरफ रियासती इलाका दूसरी तरफ अंग्रेज़ी इलाका। बीच में सून दरिया बहता है और यह मेला हर साल उसी स्थान पर होता है जहां सून दरिया के किनारे फतहगढ़ का किला स्थित है और दूसरी ओर मुराद का मज़ार स्थित है। यह मेला हर साल इसी मज़ार पर होता है और दोहाली और फतहगढ़ दोनों इलाकों से गखड़ अपनी बंदूकों को छोड़कर, अपनी प्रतिद्वन्द्विताओं को भूलकर और लड़ाई-झगड़ों को एक तरफ हटाकर शाह नज़ीर के मेले में शरीक होते हैं। सुना है कि इस मेले में आज तक कभी कोई दंगा-फसाद नहीं हुआ। कभी कोई पुलिस का आदमी नहीं आया। यह गखड़ों का राष्ट्रीय पर्व है और इस दिन के लिए दूर-दूर के इलाकों के गखड़ इस स्थान पर पहुंचते हैं और ऊंच-नीच, असमानता तथा व्यक्तिगत मतभेदों की समस्याओं को भूलकर अपनी राष्ट्रीय एकता की याद को ताज़ा करते हैं।

इस अवसर पर कुश्तियां होती हैं। पंजे लड़ाए जाते हैं। बीनियां पकड़ी जाती हैं। और सबसे आखिर में तैराकी का मुकाबिला होता है। क्योंकि सून का दरिया भी तो अपने इलाके के लोगों की तरह उपद्रवी है और इस स्थान पर तो वह और भी खतरनाक हो जाता है। दोनों ओर ऊंची-ऊंची नंगी चट्टानोंवाली घाटियां खड़ी हैं, जिनको एक खतरनाक तेज़ी से काटता हुआ

सून दरिया पुल के नीचे से गुज़रता है। इसकी दीवारें एक ओर तो फतहगढ़ के किले से मिल जाती हैं और दूसरी ओर अंग्रेज़ी इलाके की कस्टम की चौकी पर समाप्त होती हैं। यहां पर सून दरिया का प्रवाह सबसे तेज़ है। और भरी बरसात में जब यह मेला होता है उन दिनों सून के तंग पाट का प्रवाह और उसकी फेन-भरी लहरों का क्रोध देखने योग्य होता है। ऐसा लगता है कि यदि हज़ारों मन वज़नी चट्टान भी इस पानी के प्रवाह के सामने आएगी तो घास के तिनके की तरह बह जाएगी। इन तूफानी पानियों में तैरना जीते-जी मृत्यु को निमन्त्रण देना है। परन्तु गखड़ युवक हर साल खुशी-खुशी इस खतरनाक तैराकी के मुकाबले में भाग लेते हैं। कई बार कई तैराक इन उपद्रवी लहरों के सामने न ठहर पाकर उनके थपेड़ों से पार न जा सके और वापस भी न आ सके, बल्कि पानी की लहरों में यूं बह गए कि दूसरे दिन दस मील के फासले पर नीचे की किसी घाटी के किनारे उनकी लाश मिली। फिर भी नवयुवकों को तैराकी का यह मुकाबला सबसे अधिक प्रिय है, क्योंकि इस प्रतियोगिता में प्रथम आनेवाले को गखड़ जाति का हीरो समझा जाता है। हर साल सात नवयुवकों की एक टोली फतहगढ़ के किले की दीवारों के नीचे उस पार जाने के लिए खड़ी रहती है। और सात नवयुवकों की टोली दोहाला के किनारे से इधर आने के लिए खड़ी रहती है। एक संकेत पर दोनों तरफ के नवयुवक पानी में कूद पड़ते हैं और जो नवयुवक सबसे पहले इधर से उधर या उधर से इधर किनारे पर पहुंचता है, उसे चांदी की मूठवाली राष्ट्रीय कटार इनाम में दी जाती है। और यह रस्म बड़ी दिलचस्प होती है। सबसे पहले तैरकर आनेवाला नवयुवक किनारे पर खड़े हुए सरपंच या मुकद्दम के पास जाकर उसके प्रति अपना आदर-भाव प्रदर्शित करता है। मुकद्दम उसे गले से लगा लेता है और उसका माथा चूमकर उसे राष्ट्रीय कटार प्रस्तुत करता है, जिसे लेकर नवयुवक दो कदम पीछे हटता है और फिर कटार को उठाकर मुकद्दम को फौजी सलाम करता

है। फिर मुकद्दम कहता है:

"बोल जवान और क्या चाहिए?" इस प्रश्न के उत्तर में युवक कहता है, "शाह नज़ीर का साया और मुकद्दम की दुआ चाहिए।"

इतना कहकर नवयुवक सिर झुका लेता है।

फिर मुकद्दम आगे बढ़ता है और वह नवयुवक के कंधे पर चादर डाल देता है, जिसे नवयुवक अपने दोनों हाथों से फैला देता है। इस पर वह मुकद्दम उस फैली हुई चादर में नकद इनाम डाल देता है, जो हमेशा एक सौ ग्यारह होता है।

हमेशा हर साल इसी प्रकार होता है। इसी प्रकार के सवाल-जवाब होते हैं। जीतनेवाला मुकद्दम के प्रति अपना आदर-भाव प्रदर्शित करता है। मुकद्दम आगे बढ़कर उसे गले से लगाता है। उसे राष्ट्रीय कटार प्रस्तुत करता है। नवयुवक फौजी सलाम करता है। मुकद्दम पूछता है, "बोल जवान और क्या चाहिए?" जवान कहता है, "शाह नज़ीर का साया और मुकद्दम की दुआ चाहिए!" इसपर मुकद्दम नवयुवक के गले में चादर डाल देता है। नवयुवक चादर को अपने दोनों हाथों से फैलाकर खामोशी से सिर झुकाता है तो मुकद्दम उसकी फैली हुई चादर में एक सौ ग्यारह रुपये डाल देता है और ढोल-ताशे बजने लगते और गखड़ नवयुवक शोर मचाते हुए आते हैं और अपने हीरो को उठाकर नृत्य करने लगते हैं। शताब्दियों से इसी प्रकार होता आ रहा है।

मगर जिस साल फज्जे ने तैराकी की प्रतियोगिता में भाग लिया, उस साल मेले से सात दिन पहले असामान्य रूप से ज़ोर की वर्षा होती रही थी और बड़ी-बूढ़ियों को भी याद न था कि इस इलाके में इस ज़ोर की वर्षा पहले कभी हुई थी। सून दरिया का पानी पुल से केवल चन्द गज़ नीचे रह गया था और चट्टानों से ऊपर किले की दीवारों से टकराता था और दूसरी ओर शाह नज़ीर के चबूतरे तक पहुंच गया था।

उस साल फज्जे ने जेल से भागकर अपने इलाके में शरण ली थी।

अब तक वह दो बार पुलिस चौकियों पर हमला कर चुका था। और गखड़ नवयुवकों में ख्याति फैलनी शुरू हो गई थी।

उसी साल उसी मेले में फज्जे ने खानम को देखा जो सरदार मूसा की इकलौती लड़की थी और अपने इलाके की सबसे सुन्दर युवती समझी जाती थी। लम्बे कदवाली, काली अंखियोंवाली, लम्बे बालोंवाली, भरपूर जवानीवाली खानम मेले में जिस तरफ गुज़रती थी, नवयुवकों के दिल धक् से रह जाते थे, सन्नाटे में आकर रह जाते थे। ऐसा गम्भीर एवं तेजस्वी सौन्दर्य उन्होंने आज तक अपने इलाके की किसी औरत में न देखा था। खानम को इस मेले में जिसने देखा वह सीने पर हाथ रखकर रह गया। फज्जा यद्यपि स्वयं एक सुन्दर एवं पुष्ट जवान था। कद छ: फुट से निकलता हुआ, रंग सांवला, सीना चौड़ा और शरीर इतना पुष्ट जैसे उसके देश की सांवली पहाड़ियों की किसी नंगी चट्टान से तराशा गया हो। मगर जैसे ही उसने खानम को देखा उसका चेहरा एकदम पीला पड़ गया। उसका श्वास उसके सीने में रुकने लगा। खानम ने एक सधी, सपाट, खुली और निडर निगाह उसपर डाली और अपनी सहेलियों के साथ आगे बढ़ गई। और यकायक फज्जे को ऐसा लगा जैसे सूर्य पर छाया-सी पड़ गई हो।

उसने अपने दिल में महसूस किया कि उसे तैराकी की प्रतियोगिता में भाग लेना चाहिए। यद्यपि इस मेले में पुलिस के बहुत-से जासूस होंगे और उसके मित्रों ने इस प्रतियोगिता में भाग लेने से मना किया था और वह अपनी सुरक्षा की खातिर उनकी बात मान भी गया था, मगर खानम को देखकर न जाने क्यों उसके दिल में तैराकी की प्रतियोगिता में भाग लेने की इच्छा तीव्र होती गई। और ज्योंही तैराकी के मुकाबले के लिए ढोल बजने लगे, वह लंगोद बांधकर मैदान में आ गया और उसने मित्र शाहनवाज़खां को हटा। कर उसकी जगह तैराकी के मुकाबले में स्वयं ले ली। फज्जा उसका सरदार तथा नेता था इसलिए शाहनवाज़ मुकाबले से हट गया और

उसने अपनी जगह फज्जे को दे दी।

लेकिन पानी का प्रवाह इस कदर तेज़ था और सून की धारा इस कदर खतरनाक थी कि फतहगढ़ के किनारे से इधर आनेवाले तैराकों में एक भी शाह नज़ीर के चबूतरे तक न पहुंच सका और इधर से फतहगढ़ जानेवाले तैराकों में से केवल दो युवक रियासती इलाके के किनारे तक पहुंच सके! जहां सरदार मूसा खां मुकद्दम की हैसियत से उनके आदर-सत्कार के लिए उपस्थित था। उसके पीछे उसकी बेटी खानम खड़ी थी। और उसके गांव के लोग और पुल पार कर दोहाला के इलाके के लोग भी ढोल बजाते हुए इस रस्म को देखने के लिए आ गए थे।

फज्जा सबसे पहले नम्बर पर आया था। उसके टखनों से लहू बह रहा था और उसका सीना धौंकनी की तरह हिल रहा था, मगर वह अपने लंगोट को कसता हुआ, हंसता हुआ अपने भीगे हाथों से अपने भीगे चेहरे को पोंछता हुआ सरदार मूसा खां के सामने भागकर चला गया। निकट जाकर उसने अपना आदर-भाव प्रदर्शित किया।

मूसा खां ने उसे अपने गले से लगाया। उसके भीगे हुए माथे को चूमा जिसपर भीगे हुए बालों की लटें पड़ी थीं। फिर उसने अपनी कमर से राष्ट्रीय कटार निकालकर फज्जे के हाथ में दी। फज्जे ने दो कदम पीछे हटकर कटार को हाथ में उठाकर अपनी दोनों एड़ियां मिलाकर मुकद्दम को फौजी सलाम किया।

सरदार मूसा खां ने पूछा, "बोल जवान और क्या चाहिए?"

"शाह नज़ीर का साया और खानम का हाथ।" फज्जे के मुंह से निकला। उसकी सीधी-साफ निगाह खानम पर थी। खानम ने चौंककर लम्बे कदवाले फज्जे को सर से पांव तक देखा, फिर उसकी आंखें लज्जा से झुक गईं और उसकी जैतूनी रंगत गुलाब की तरह सुर्ख हो गई।

एकदम सैकड़ों लोगों के चेहरे फक हो गए। यह कौन निर्लज्ज था जिसने पुरखों की पुरानी रस्म को तोड़ा था। यूं और यूं एक क्षण में फतहगढ़

के सबसे बड़े सरदार का भरे मेले में अपमान कर डाला था। और यूं सबके सामने उसकी बेटी मांग ली थी।

"फज्जे! तेरी यह हिम्मत?" सरदार मूसा खां गुस्से से गरजा। "एक मामूली डाकू होकर एक सरदार की लड़की पर नज़र रखता है! नीच! बेईमान! तूने भरे मेले में पुरखों की रस्म को तोड़ा है। आज तेरी बोटी-बोटी नोच ली जाएगी!"

मूसा खां और उसके गांव के बहुत-से लोग फज्जे को मारने के लिए आगे बढ़े, मगर फज्जा पलटकर वापस दरिया की तरफ भागा। इससे पहले कि वे उसे पकड़ सकते, उसने एक ऊंची चट्टान से कूदकर दरिया में छलांग लगा दी।

दर्शकों ने अपने दिल थाम लिए। एक बार तो वह चढ़े हुए दरिया को चीरकर शाह मज़ार के चबूतरे से फतहगढ़ के किले की दीवारों तक आ पहुंचा था। मगर किस हालत में ज़ख्मी और थका हुआ और सांस धौंकनी की तरह चलती हुई! निस्सन्देह दूसरी बार उसी दरिया में तुरन्त कूद जाना मृत्यु को निमंत्रण देना था। कोई इन्सान दूसरी बार इस तूफानी धारा से नहीं बच सकता था।

मगर फज्जा ऐसा मालूम होता था कि फौलाद का बना हुआ है। उसका सांवला और मज़बूत शरीर पानी की लहरों को वाष्पनौका की तरह काटता हुआ आगे बढ़ रहा था। डूबकर कई बार वह उभरा और उभरकर एक तीर की तरह सनसनाता हुआ आगे बढ़ता गया और दूसरे किनारे की ओर तैरता गया। परन्तु अब की बार वह जान-बूझकर शाह नज़ीर के चबूतरे पर नहीं रुका, बल्कि उससे बहुत नीचे, मेले के स्थान से बहुत नीचे किनारे से जा लगा। फिर एक चट्टान पर खड़े होकर उसने अपनी दोनों हथेलियों को फैलाकर अपने मुंह के दोनों ओर रखकर ज़ोर से चिल्लाकर कहा, "याद रख, तेरी बेटी अब मेरी है!"

अब वह मुर्दा था और उसकी लाश पुलिसवालों की निगरानी में

अस्पताल आ चुकी थी। अस्पताल में सैकड़ों लोगों की भीड़ थी। मैंने अपने जीवन में इतने आदमी अस्पताल में कभी नहीं देखे थे। अस्पताल के इर्द-गिर्द मेला-सा लग गया था।झुण्ड के झुण्ड उस विद्रोही को देखने के लिए आ रहे थे, जिसके सिर के लिए राजाजी ने दस हज़ार रुपये का इनाम रखा था। अंग्रेज़ी इलाके में भी तारें भेजी जा चुकी थीं और सुना था कि दो रोज़ में अंग्रेज़ डिप्टी कमिश्नर लाश की शिनाख्त के लिए आनेवाला है। तब तक लाश अस्पताल के मुर्दाखाने में बर्फ में दबाकर रखी जाएगी। यह मुर्दाखाना स्पेशल क्वार्टरों के नीचे की घाटी पर सबसे अलग-थलग स्थित था। और मुझे इस जगह से बहुत डर लगता और उस तरफ कभी न जाता था और न ही मेरी मांजी मुझे कभी उस तरफ जाने देती थीं और मुर्दाखाने के भूतों और चुड़ैलों के किस्से सुनाकर उन्होंने मेरे मन में और भी डर पैदा कर दिया था। और अपने पिताजी के साहस पर मुझे बहुत आश्चर्य होता था। वे किस प्रकार इतमीनान से मुर्दों की चीर-फाड़ कर लेते हैं। लेकिन वह ज़माना मेरे बचपन का था। लेकिन अब बड़े हो जाने पर मुझे मुर्दों पर कोई आश्चर्य नहीं होता। मुर्दे भाग्यवान थे कि वे मर गए। लेकिन आश्चर्य उन ज़िन्दों पर ज़रूर होता है जो घटनाओं और परिस्थितियों का अत्याचार सहते हैं, स्वयं अपनी आंखों अपनी ज़िंदगी के टुकड़े होते देखते हैं और विरोध का एक शब्द कहे बिना समाज के मुर्दाखाने में पड़े-पड़े सड़ जाते हैं।

लाश को देखने की हिम्मत तो मुझमें नहीं होती। इसलिए मैं अस्पताल के बरामदे के बाहर ही डरा-सहमा लोगों की बातें सुनता रहा जो अन्दर से लाश को देखकर आ रहे थे और अब अस्पताल के बाहर बाग की क्यारियों में दो, चार, दस की टोलियां बनाए बातें कर रहे थे। एक बालक की उपस्थिति को कौन महत्त्व देता है! इसलिए वे बातें करते रहे और मैं इस टोली से उस टोली में जाकर बातें सुनता रहा और जो बातें वे कर रहे थे, उनसे पता चला कि मूसा खां ने बड़ी दीदारी से फज्जे का पीछा किया

और जब फज्जा अपनी जान बचाकर भागने लगा तो मूसा खां ने उसे गोली से मार डाला। नहीं तो यह सम्भव था कि मूसा खां फज्जे को ज़िदा ही पकड़कर राजा साहब की सेवा में पेश करता। मगर राजा साहब अब मूसा खां के कारनामे पर बहुत प्रसन्न थे। अब योजना यह थी कि जब अंग्रेज़ साहब बहादुर दोहाला आकर लाश की शिनाख्त कर लेगा और मूसा खां के इनाम के कागज़ पर हस्ताक्षर कर देगा तो फज्जे का सिर काटकर नेज़े पर चढ़ाकर सदर मुकाम में जगह-जगह दिखाया जाएगा ताकि बदमाशों और विद्रोहियों को उससे शिक्षा मिले।

अस्पताल में इस समय स्वयं मूसा खां भी अपने तीस-चालीस समर्थकों के साथ उपस्थित था। वह बड़ी-बड़ी आंखोंवाला, नाटे कद का, तांबे के रंग का, दोहरे बदन का अधेड़ उम्र का आदमी था। मुझे उसकी आंखें बड़ी भयजनक लगती थीं। और उसकी हंसी बड़ी तीखी और कड़वी थी और वह बात करते समय बार-बार अपनी कारतूस की पेटी को हिलाता था जो उसकी कमर से बंधी हुई थी। मुझे मूसा खां से बड़ा डर लगा इसलिए मैं उसे दूर ही से देखकर वापस नीचे भाग गया, जहां मांजी ने मुझे अस्पताल जाने पर ज़ोर से डांट पिलाई और दिन-भर के लिए घर से निकलने के लिए मना कर दिया।

जब शाम गहरी हो गई तो पिताजी अस्पताल से थके-हारे लौटे। मगर आज मांजी ने उन्हें बंगले के बाहर बरामदे में ही रोक लिया। यह मांजी की आदत थी कि जिस दिन अस्पताल में कोई लाश आती थी तो वे पिताजी को उस समय तक घर में घुसने नहीं देती थीं जब तक वे उनपर गंगाजल न छिड़क लें, जो पूजा के कमरे में एक बन्द टीन में ताला लगाकर रखा रहता था। इसलिए मांजी ने आज बरामदे के बाहर ही पिताजी को रोक लिया। उनपर दूर ही से गंगाजल छिड़का, फिर उनसे कहा कि वे अपने कपड़े उतार दें। और एक नई और कोरी धोती उन्होंने पिताजी को पहनने को दी और

वह इसी धोती में लिपटे हुए घर में दाखिल हुए। मांजी उन्हें सीधे गुसलखाने में ले गईं, जहां गरम पानी उनके नहाने के लिए पहले से ही तैयार था। नहा-धोकर नये कपड़े पहनकर जब डाक्टर साहब गुसलखाने से निकले तो मांजी की जान में जान आई। कुछ देर इधर-उधर की बातें करने के पश्चात् हम तीनों ने खाना खाया। खाना खाने के पश्चात् पिताजी सीधे सोने के कमरे में चले गए; और देर तक एक बड़ी पुस्तक उठाकर उलट-पलटकर कुछ देखते रहे। दो-तीन घंटों के बाद रात जब गहरी हो चुकी और उन्हें पूरा विश्वास हो गया कि मैं सो गया हूं तो मांजी से बोले :

"काके दी मां, सो गई कि जागती है?"

"नहीं, जागती हूं।" मांजी अपने बिस्तर में दुबकी और सहमकर बोलीं।

"तू बोलती क्यों नहीं?"

"क्या बोलूं, मुझे उस मुए डाकू से डर लगता है जो मुर्दाखाने में पड़ा है।"

"वह डाकू नहीं था।"

"डाकू नहीं तो फिर कौन था?" मांजी ने आश्चर्य से पूछा।

पिताजी आहिस्ता से बोले, "वह तेरी-मेरी तरह का एक मनुष्य था जो अपने लोगों की भलाई के लिए काम करता था।"

"परे हटो!" मांजी तुनककर बोलीं, "तुम भी जाने कैसी उल्टीसीधी बातें करते रहते हो। सारी दुनिया जानती है कि फज्जा एक ज़ालिम डाकू था जिसके सिर पर राजाजी ने इनाम रखा था, क्योंकि उसने सारे इलाके में ऊधम मचा रखा था। वह तो परमात्मा भला करे ईसा खां का, जिसने उस ज़ालिम को गोली से मार दिया।"

"ईसा खां नहीं, मूसा खां।" पिताजी टोकते हुए बोले।

"ईसा खां हो कि मूसा खां, एक ही बात है। इन सब मुए मुसलमानों के नाम एक जैसे होते हैं, मुझे नहीं आते..." मांजी ने हाथ चलाकर कहा।

"और हिन्दुओं के नाम एक-से नहीं होते क्या?'' पिताजी मुस्कराकर बोले, "इन्द्र, महेन्द्र, गजेन्द्र, राजेन्द्र—सभी इन्द्र ही इन्द्र हैं।"

"तुम तो जब बात करने बैठते हो तो मुसलमानों की तरफदारी करने लगते हो। अब फज्जा डाकू डाकू ही नहीं है, कल को कहोगे कि ईसा खां ने फज्जे को मारा ही नहीं।"

"ईसा नहीं मूसा खां।"

"अच्छा बाबा मूसा खां ही सही। फिर?"

"फिर किस्सा यह है कि मूसा खां ने फज्जे को लड़ाई में नहीं मारा।'' डाक्टर साहब बोले।

"वही बात! मैं न कहती थी कि तुम आ जाओगे किसी उल्टीसीधी थ्योरी पर!" मांजी ज़रा क्रोध से बोलीं।

"लोग कहते हैं, फज्जे को मूसा खां की लड़की खानम से प्रेम था। खानम भी इस जिआले जवान से प्यार करने लगी थी, मगर क्योंकि मूसा खां फज्जे के खिलाफ था, रियासती और अंग्रेज़ी दोनों इलाकों से वारण्ट निकले हुए थे, इसलिए फज्जा खानम से चोरीछिपे मिलता था। वह दिन-भर पहाड़ों की गुफाओं तथा कछारों में छिपा रहता था। दूर-दराज़ के थानों पर डाके मारता। पुलिस और फौज को परेशान करता। सारे इलाके के नवयुवक गुप्त रूप से उसके समर्थक थे। नौजवान लड़कियों ने उसकी प्रशंसा में गीत कहे थे। और वह अपने इलाके का बहुत बड़ा हीरो था और खानम जी-जान से उसे प्यार करती थी। गहरी अंधेरी रातों में सून दरिया के किनारे, फतहगढ़ के किले की दीवारों के नीचे खानम और फज्जा मिला करते थे केवल चन्द घंटों के लिए। फिर भोर से पहले फज्जा या तो फ़तहगढ़ की पथरीली पहाड़ियों की राह लेता या दरिया पार करके दोहाला के इलाके में चला जाता और उसे आज तक कोई पकड़ न सका।"

"फिर वह कैसे पकड़ा गया?" मांजी ने पूछा।

"खानम की खाला ने, जो अब तक उसकी हमराज़ रही थी, एक रोज़ मूसा खां को सब कुछ बतला दिया।" "हाय री जनम जली मत्था सड़ी, बुड्ढी खाला, तुझको शरम न आई!" मांजी को एकदम खानम और फज्जे पर तरस आ गया। "नी खसमा खानिए," मांजी ने जैसे खाला को सम्बोधित करके कहा, "तुझे इन गरीबों का प्यार बरबाद करते हुए लज्जा न आई!" फिर वे पिताजी की ओर मुड़कर बोलीं, "फिर क्या हुआ?"

"फिर यह हुआ, यह समाचार मिलते ही मूसा खां ने फज्जे को पकड़ने के लिए गांव के चारों ओर अपना जाल फैला दिया। लेकिन उसने किले के सैनिकों को बिलकुल खबर न दी। ताकि वे भी इनाम के हकदार न बन जाएं। हर रोज़ रात को उसके लोग पहरा देते थे और केवल इस टोह में रहते थे कि रात को खानम कहीं बाहर जाए तो वे उसका पीछा करें।"

"फिर?" मांजी की सांस तेज़ हो गई।

"पहले तीन दिन तो कुछ नहीं हुआ। खानम बड़े मज़े से अपने घर में सोती रही। चौथी रात, जब आधी रात इधर हुई, आधी रात उधर हुई, तो खानम उठकर बैठ गई और खाला को भी उसने जगा दिया। फिर खानम ने अपने बाल संभारे, नये कपड़े पहने। नीली सूसी की मुगलई सलवार और कमीज़ और सिर पर रेशमी ओढ़नी डालकर अपने प्रियतम से मिलने चली।"

"हां।" मांजी के मुंह से बेअख्तियार निकला।

"खाला साथ में थी।"

"कुटनी, मुरदार, कीड़े पड़े उसकी जून में!" मांजी ने क्रोध से कांपती हुई आवाज़ में कहा।

"किले की दीवारों के नीचे वे दोनों मिले—खानम और फज्जा। आखिर जब रात का तीसरा पहर जाने लगा तो फज्जा मन न चाहते हुए भी खानम से अलग हुआ। गांव की सीमा से बाहर-बाहर उसी रास्ते पर चलने लगा जो फतहगढ़ के दर्रे को जाता है और जहां पर उसने अपना गुप्त

अड्डा बना रखा था। इधर नीचे के रास्ते से फज्जा जा रहा था, उधर ऊपर के रास्ते से खानम खाला को लेकर अपने गांव को जा रही थी। दोनों रास्तों पर तारीक परछाइयां-सी हिलती थीं। फज्जा कभी खानम की परछाईं को देखकर खुश हो लेता, कभी खानम नीचे जाते हुए फज्जे को देखकर दिल ही दिल में वारी-न्यारी होने लगती।"

''फिर?"

"फिर जब फज्जा दरिया के किनारे एक तंग मोड़ से गुज़रकर दर्रे की ओर मुड़ने लगा, किसीने पीछे की चट्टानों के पीछे से उसपर गोलियों की वर्षा कर दी। एकसाथ तड़तड़ की आवाज़ से छः गोलियां उसकी पीठ में घुस गईं। फज्जा ज़ोर से चिल्लाया, 'खानम!' और ऊपर के रास्ते पर जाते ही खानम गोलियों की आवाज़ सुनकर कांप गई और दौड़ती, गिरती-पड़ती घाटियों से नीचे उतरती उस स्थान पर पहुंच गई, जहां खाक और खून में लथपथ उसका प्रियतम पड़ा था—बेजान, मुर्दा। और उसकी लाश पर मूसा खां अपने हाथ में रिवालवर लिए मुस्करा रहा था।''

मांजी कुछ देर तक निश्चेष्ट रहीं। खामोशी से अपनी भीगी आंखें पोंछती रहीं। फिर बोलीं, "तुम तो ऐसे बात करते हो जैसे तुम उस घटनास्थल पर मौजूद थे।

"मैं तो नहीं था। मगर जो था उसने मुझे स्वयं ही घटना सुनाई है।"

"किसने?"

"खानम ने!"

"खानम यहां आई है?" मांजी ने आश्चर्य से पूछा, "यहां? सदर मुकाम पर?"

"हां, वह इस वक्त बाहर बरामदे में बैठी है।'' पिताजी ने बहुत ही धीमे स्वर में कहा।

मांजी एकदम चौंक गईं। देर तक चुप रहीं। फिर आहिस्ता से बोली,

"वह यहां कैसे आई है तुम्हारे बंगले पर? वह क्या चाहती है?"

वह चाहती है, एक दफा फज्जे को देख ले।"

मांजी फिर देर तक चुप रहीं। फिर बोलीं, "उसके बाप को मालूम है कि वह यहां आई है?''

"नहीं, वह सबसे छिपकर यहां आई है कि मैं उसे एक दफा फज्जे की लाश दिखा दूं।''

"मगर फज्जे की लाश तो मुर्दाखाने में है।'

"हां, मगर मुर्दाखाने की कुंजी तो मेरे पास है।"

मांजी भय से कांपकर बोलीं, "इस वक्त आधी रात में तुम मुर्दाखाने के अन्दर जाओगे?"

"क्या हर्ज है?"

"और अगर किसीको पता चल गया? अगर किसीने रिपोर्ट कर दी? अगर कोई शिकायत राजाजी तक पहुंच गई?"

"इस अंधेरे में कौन देखता है?"

"नहीं, नहीं। मैं तुम्हें नहीं जाने दूंगी!"

मांजी एकदम निर्णयात्मक स्वर में बोलीं, "तुम तो बावले हो और अकल नाम की कोई चीज़ तुम्हारे दिमाग में नहीं है। मैं खुद अभी बाहर जाती हैं और खानम से बात करती हूं।'' मांजी बिस्तर से उठकर बोलीं।

''ऐसा मत करो, ऐसा मत करो।"

पिताजी घबराकर बोले, "उसका दिल मत तोड़ो, ज़रा-सी तो बात है।"

"वाह! चाहे हमारी नौकरी चली जाए—यह भी क्या तमाशा है! मरनेवाला तो मर गया, साथ ही हमारी जीविका भी ले जाएगा?"

मांजी एकदम कमरे के बाहर निकल गईं और पिताजी उनके पीछे भागे। और उन दोनों के पीछे दबे पांव मैं भी बाहर निकला। मगर बरामदे

में नहीं गया। दरवाज़े की आड़ लेकर देखने लगा। बरामदे में एक लकड़ी के थम्ब से टेक लगाए दो थम्बों के दरम्यान लटकी हुई लालटेन की रोशनी उसके परेशान और उदास चेहरे पर पड़ी हुई थी। मांजी को देखकर जब वह लड़की उठी तो मुझे वह मांजी से भी लम्बी मालूम हुई। उसके काले-काले बाल खुले हुए थे और घुटनों तक आते थे। मैंने अपने जीवन में इतने लम्बे बाल किसी औरत के नहीं देखे थे। उसका चेहरा सफेद था और आंखें गहरी और काली थीं, और वह बिलकुल चुप थी और मांजी को देखकर भी वह बिलकुल चुप खड़ी रही। इतनी चुप जैसे वह लड़की न हो, बल्कि जैसे वह याचना-स्वरूप मूर्ति हो या सम्पूर्ण प्रार्थना हो।

"चली जाओ!" मांजी ने गरजकर कहा।

"नहीं, नहीं, काके दी मां!" पिताजी ने परेशान होकर कहा। मगर मांजी फौरन तड़पकर बोलीं, "तुम चुप रहो।" फिर खानम की तरफ मुड़कर एक अंगुली उठाकर बोलीं, "सीधे-सीधे यहां से चली जाओ वरना अभी पुलिस को बुलाती हूं!"

"बस, एक बार मुझे उसे देख लेने दो।" खानम आहिस्ता से बोली।

"अब उसे देखकर क्या करोगी?" मांजी ने पूछा।

"मैं उससे कुछ बातें करना चाहती हूं।" खानम ने बड़ी सादगी से कहा।

"पगली हुई हो! मुर्दे से कौन बातें कर सकता है?"

"मैं कर लूंगी।" खानम ने पूरे विश्वास से कहा, "मुझे उसे एक बार दिखा दो, केवल एक बार!"

मांजी रोते हुए भई आवाज़ में बोलीं, "जा अभागिन, चली जा! मुर्दे किसीकी बात सुन सकते तो आज कोई स्त्री विधवा न होती, किसीका बच्चा यतीम न होता। लेकिन मुर्दे सुन नहीं सकते।" खानम देर तक मेरी मां को देखती रही। कभी उसकी निगाह मेरी मां पर जाती, कभी डाक्टर साहब के चेहरे पर। और फिर वह बहुत ही निराश स्वर से बोली, "ठीक

है। मुर्दे नहीं सुन सकते, शायद इसलिए तुम भी नहीं सुनती हो। डाक्टर भी नहीं सुनता है। इस जगह पर कोई किसीकी नहीं सुनता है! क्या यहां सब मुर्दे बसते हैं?''

खानम ने बड़ी घृणा से पूछा और उसकी गहरी काली आंखों से शोले निकलने लगे। फिर वह मुंह फेरकर बिना कुछ कहे बरामदे से बाहर निकल गई।

दूसरे दिन खानम ने मैजिस्ट्रेट लालखान की अदालत में प्रार्थनापत्र दिया कि वह फज्जे की विधवा है, इसलिए फज्जे की लाश उसके हवाले की जाए। प्रार्थनापत्र लेकर जब वह स्वयं अदालत में पेश हुई तो लोगों के ठट के ठट लग गए और अदालत को अपना कमरा दर्शकों से खाली करना पड़ा। फिर इलाके के तमाम बड़े-बड़े अफसर और चौधरी और प्रतिष्ठित लोग अदालत में उपस्थित थे। सरदार मूसा खां भी मौजूद था।

मैजिस्ट्रेट लालखान ने प्रार्थनापत्र लेकर पूछा, "सहद मुहम्मद तेरा क्या लगता था?"

"बह मेरे सिर का साईं (सरताज) था। खानम ने बड़ी निर्भीकता से उत्तर दिया।

"क्या तेरी और उसकी शादी हुई थी?" मैजिस्ट्रेट ने फिर पूछा।

"नहीं।''

"क्या तेरी उसकी आशनाई थी?"

"नहीं!'' खानम गुस्से से कड़ककर बोली, "मैं तो क्वांरी हूं। उसने तो आज तक मेरे शरीर को छुआ तक नहीं, मगर फिर भी वह मेरे सिर का साईं था। उसकी लाश मेरे हवाले कर दी जाए।"

मूसा खां ने आगे बढ़कर हाथ जोड़कर कहा, "सरकार, यह मेरी लड़की है, मेरी आज्ञा के बिना घर से भागकर यहां आई है। इसे मेरे हवाले

कर दिया जाए।"

"मैं किसी गद्दार की लड़की नहीं हूं!'' खानम ने गरजकर कहा, "मैं फज्जे की विधवा हूं। उसकी लाश मेरे हवाले कर दी जाए।"

मैजिस्ट्रेट लालखान ने खानम को समझाते हुए कहा, "तू एक प्रतिष्ठित सरदार और लम्बरदार की लड़की है। तेरे पिता ने रियासत के खतरनाक विद्रोही को, जिसके सिर पर दस हज़ार का इनाम था, मारकर हम सबकी प्रशंसा प्राप्त की है। तेरे बाप को अंग्रेज़ी सरकार से पांच हज़ार का इनाम मिलेगा। राजा साहब से दस हज़ार का इनाम, खिलअत और जागीर मिलेगी। ऐसे बड़े आदमी की बेटी को कोई ऐसी बातें नहीं कहनी चाहिए।''

खानम ने आहिस्ता से, मगर गहरे विश्वास के साथ कहा, "आज भरी अदालत में मैं सबसे कहती हूं, मेरा बाप भी मेरे सामने खड़ा है वह भी सुन ले, जिस इनाम के लिए उसने यह काम किया है, वह इनाम उसे कभी नहीं मिलेगा, क्योंकि गद्दार को इनाम नहीं दिया जाता। उसे तो सज़ा दी जाती है! बस। अदालत मेरी दरखास्त का फैसला करे।"

"नामंज़ूर!" मैजिस्ट्रेट लालखान ने ऊंची आवाज़ में कहा।

अदालत से निकलकर खानम इस तरह भागी कि उसका कहीं पता न चल सका। मूसा खां ने अपनी लड़की की खोज में चारों ओर आदमी दौड़ाए, पुलिस ने भी बड़ी दौड़-धूप की, मगर खानम टक्की के नीचे पहुंचकर ऐसी गायब हुई कि फिर उसका पता न चल सका। खानम के धमकी देने और धमकी देकर गायब हो जाने पर लोग प्रकार-प्रकार की बातें करने लगे। कोई कहता, "मूसा खां का जीवन खतरे में है। उसकी लड़की उसे कत्ल कर देगी।" यद्यपि मूसा खां हर समय रिवाल्वर अपनी कमर में रखता था, फिर भी उसकी रक्षा के लिए पुलिस के सिपाही उसके साथ लगा दिए गए। राजा साहब ने मूसा खां को बुलाकर उसकी पीठ ठोकी और उसे वचन

दिया कि यूंही अंग्रेज़ डिप्टी कमिश्नर दोहाला से आकर अपनी शिनाख्त की कार्यवाही पूरी करके मूसा खां के इनाम के लिए आदेश जारी करेगा, राजा साहब भी उसके दूसरे दिन ही एक दरबार बुलाकर मूसा खां को अपने हाथ से दस हज़ार की थैली देंगे। खिलअत और जागीर भी प्रदान करेंगे। मूसा खां भी यह इंटरव्यू लेकर बेहद खुश-खुश अपने निवासस्थान पर वापस आया।

दो दिन के बाद जब अंग्रेज़ डिप्टी कमिश्नर रियासत के सदर मुकाम पर पहुंचा और लाश देखने के लिए अस्पताल पहुंचा तो एक आश्चर्यजनक दुर्घटना हुई। घटनास्थल पर पहुंचकर सबने देखा कि मुर्दाखाने का ताला टूटा पड़ा है और फज्जे का सिर गायब है। केवल एक बेसिर लाश ऐसी भय-संकुल अवस्था में पड़ी है कि किसी प्रकार भी पहचानी नहीं जा सकती।

इस बेसिर लाश को देखकर अंग्रेज़ डिप्टी कमिश्नर ने शनाख्ती कागज़ों पर हस्ताक्षर करने से इन्कार कर दिया और देशी राजा की क्या मजाल थी कि मूसा खां को इनाम देता। नतीजे में मूसा खां को निराश होकर अपने इलाके को लौट जाना पड़ा, जहां चन्द दिनों के बाद उसकी लाश किले की दीवारों के नीचे पाई गई।

जिस दिन ताला टूटा और फज्जे का सिर गायब हुआ, उस दिन शाम के समय जब पिताजी घर लौटे तो बेहद खुश, मुस्कराते हुए और गुनगुनाते हुए। 'फटी जब कान इस बन में' वाला गीत उनके होंठों पर मौजूद था।

"ताला किसने तोड़ा?"

"फटी जब कान इस वन में!" पिताजी उत्तर में गुनगुनाते रहे।

"मैं कहती हैं कि एक दिन तुम जेल में जाओगे।"

"फटी जब कान......"

"...मैं बाजार में बैठी भीख मांगूंगी और तुम्हारा बच्चा...!"

"...इस बन में।...इस बन में...इस बन में...!" पिताजी ज़ोर-ज़ोर से

गाने लगे।

फिर कुछ देर के बाद खाने के कमरे में मेरी मां से कहने लगे :

"काके दी मां! जानती हो इस दुनिया में सबसे कीमती चीज़ कौन-सी है?"

"सोना।" मेरी मां ने कहा।

"नहीं, आज़ादी!...काके दी मां, इस दुनिया में सबसे महंगी और कीमती चीज़ आज़ादी है और इतिहास बताता है कि इन्सान ने हर मोड़ पर इसकी पूरी कीमत अदा की है।"

खोया हुआ स्वर्ग

मांजी गुर्दे के दर्द की बीमार थीं। वर्ष में दो-तीन बार उन्हें गुर्दे के दर्द की शिकायत पैदा होती थी। कभी तो यह दर्द कम गहरा होता था, परन्तु कभी-कभी यह दर्द ऐसी तेज़ी पकड़ जाता कि मांजी के लिए पांच-छ: दिन के लिए बिस्तर से उठना मुहाल हो जाता। उनकी चीखें सुनकर मैं भी बिलबिला उठता और पांयती से लगकर रोने लगता। पिताजी की दवा-दारू से दो-तीन दिन में दर्द का तीखापन बहुत कम हो जाता। किन्तु इसपर भी वे तीन-चार दिन बिस्तर से न उठ सकतीं। ये दिन मेरी बचपन की आज़ादी के सबसे अच्छे दिन होते थे। कहना तो नहीं चाहिए, पर वास्तविकता यही थी कि उनके दर्द में कमी होते ही मेरे चेहरे पर रौनक-सी आ जाती। न केवल इस विचार से कि मांजी अब ठीक हो रही हैं, बल्कि इस विचार से कि अब मांजी तीन-चार दिन और आराम करेंगी और मैं आज़ादी से खेल सकूंगा और बाग से बाहर भी जहां जी चाहेगा घूम सकूंगा और कोई मुझे रोकनेवाला न होगा। बड़े तो कभी इस बात की ठीक से कल्पना भी नहीं कर सकते कि बच्चों की आज़ादी की दुनिया कितनी सीमित होती है, और वे उसकी हदबन्दी से कितना झल्लाते हैं! एक घर, एक बरामदा, एक

बाग, कुछ ढलवानें, और''बस। या एक गली, एक मैदान—छोटा-सा, या केवल घर की चारदीवारी या कभी-कभी किसी बाजार का नुक्कड़।...कई वर्ष बचपन के इस सीमित, तंग और घुटी हुई दुनिया की भेंट हो जाते हैं।

पिछले डेढ़ मास से मुझपर कड़ा पहरा था। जब से मैंने तारां के साथ जाकर दरमान्नियोंवाले जंगल की ढलान से जंगली खरे तोड़कर खाए थे और फलस्वरूप मुझे पेट के दर्द और असहाल की तीव्र शिकायत हो गई थी, उस दिन से मांजी ने तारां को बड़ी कठोरता से मुझसे खेलने से मना कर दिया था। मैं और तारां उनके हाथों पिटे तो थे ही और कई बार पिटे थे, किन्तु इतनी कठोर सतर्कता कभी नहीं बरती गई। घर का एक नौकर हर समय मेरे इधर-उधर मंडराता रहता था, और ज्योंही तारां उसे कहीं दूर से भी दीख पडती, वह उसी समय धमकाने के लिए मुक्का तान लेता और बेचारी तारां पिटने के भय से उलटे पांव भाग जाती।

एक बार मैंने एक नौकर को पांच नाशपातियां और एक इकन्नी भी रिश्वत में देनी चाही थी, पर कम्बख्त ने साफ मना कर दिया था। दूसरे नौकर ने मुझसे हंसकर दुअन्नी की रिश्वत भी ले ली थी और फिर भी तारां को झिड़ककर भगा दिया था।

इसलिए अब की जब गुर्दे के दर्द से मांजी बीमार पड़ीं तो मैंने हृदय ही हृदय में प्रार्थना की कि मांजी ठीक तो हो जाएं, पर दो-तीन दिन की अपेक्षा पांच-छः दिन के लिए बिस्तर पर आराम करती रहें। ऐसा मेरे शैतान मन के बच्चे ने चाहा था। अब बड़ा होकर सोचता हूं कि वे लोग, जिन्होंने इन्सान से नदियों पर पुल बनवाए, समंदरों पर जहाज़ तैराए, नये-नये महाद्वीपों के पते लगवाए, लाखों मील चांद-सितारों तक पहुंच जाने की इच्छा जाग्रत् की ; वह इच्छा, वह आग, वह तड़प, वह भावना, वह जोश—सबसे पहले एक बच्चे ही के दिल में शोले की तरह कांपता है; और यदि उसे ऊंचा उठने के लिए सुअवसर न मिले तो बचपन की लगातार मारपीट से वहीं

बुझ जाता है। और आपने ऐसे लाखों आदमी देखे होंगे जो अपने जीवन में एक बुझे हुए चिराग की तरह होते हैं और जीवन की कठिन राह पर एक अंधे की तरह ठोकरें खाते हुए चलते हैं। ऐसे आदमियों की भाग्यहीनता में परिस्थितियों के अतिरिक्त उनके मां-बाप का भी बड़ा हाथ होता है। मैं इसलिए अपने बाप के समान शरारती बच्चों की बड़ी कद्र करता हूं, क्योंकि मुझे उनके अन्दर वही शोला नज़र आता है।

पहले दो दिन तो मांजी के गुर्दे का दर्द मामूली-सा रहा और वे मामूली तरीके से कराहती रहीं और स्वभावानुसार मेरी निगरानी और चौकसी पूर्ववत् रही।

किन्तु तीसरे दिन उनका दर्द ऐसी तेज़ी पकड़ गया कि मुझे भी रोने पर बाध्य होना पड़ा। पिताजी उस समय अस्पताल गए हुए थे। एक नौकर भागा-भागा उनके पास गया। वे दौड़े-दौड़े वापस आए। उन्होंने मांजी को एक इन्जेक्शन दिया, जिससे न केवल यह हुआ कि उनका दर्द कम हो गया, बल्कि वे कुछ मिनट के पश्चात् बड़े आराम से सो गईं और पिताजी ने मुझे और अन्य लोगों को बता दिया कि अब ये कुछ घण्टे बड़े आराम से सोएंगी। अतः कोई उन्हें परेशान न करे और तब तक उन्हें सोने दिया जाए और जगाने की कोई कोशिश न की जाए। पिताजी ने इतना कहकर मेरी तरफ शरारती दृष्टि से देखकर मुझे आंख मारी। और मुझे जैसेकि उनकी इसी आज्ञा की प्रतीक्षा थी, कुछ मिनट पश्चात् मैं भी चुपके से घर से सटक गया और तारां की तलाश में रवाना हो गया।

तारां मुझे अपने घर के नीचे की ढलवान पर लम्बी-लम्बी घास काटती हुई मिल गई। उसकी पीठ मेरी ओर थी और मैं आहट उत्पन्न किए बिना उसके समीप पहुंच गया था। कुछ मिनट तो मैं उसकी दरांती चलाने की कुशलता पर हैरान होता रहा। आखिर इतनी छोटी लड़कियां इतनी जल्दी काम करना कैसे सीख जाती हैं, जबकि हम एक दरांती तो क्या एक चमचा

भी ठीक तरह से अपने हाथ में नहीं पकड़ सकते। फिर मेरे हृदय में उसके साथ खेलने की उमंग उभर आई और मैंने झट आगे बढ़कर उसकी आंखों पर अपने दोनों हाथ रख दिए।

"कौन है?" वह बोली।

मैं चुप रहा।

"हूं...समझ गई," वह फिर बोली, "रामू भंगी का बेटा दोसा है।"

मैंने जल्दी से अपने हाथ परे हटा लिए और क्रोध से बोला, "खुद जो चमारिन ठहरी तो दूसरों को भंगी ही बताओगी।"

तारां ज़ोर-ज़ोर से हंसने लगी। वह तो पहले ही मेरे हाथों का स्पर्श पहचान गई थी, पर मुझे चिढ़ाना जो चाहती थी इसलिए...।

"चलो खेलें।"

"नहीं।"

"क्यों नहीं?" मैंने पूछा।

"तुम्हारी मां मारेंगी।"

"नहीं मारेंगी। वे तो बिस्तर पर बीमार पड़ी हैं।"

एक क्षण के लिए तारां का चेहरा चमक उठा। फिर बुझ गया। बड़ी निराशा से बोली, "फिर भी नहीं खेल सकती।"

"क्यों नहीं?"

"मां कह गई है कि बिश्नु ब्राह्मण के घर घास का एक गट्ठा पहुंचाना है। वह खुद तो दत्ते के खेतों में काम करने गई है, और मुझे घास काटने के लिए कह गई है।"

"कब तक घास काटोगी?"

"जब तक गट्ठा न बन जाए।"

"गट्ठा कब तक बनेगा?"

"शाम तक।"

मैंने क्रोध से पैर पटक दिया, "तो इसका तो यह मतलब हुआ कि हम शाम तक खेलेंगे ही नहीं। और शाम से पहले अगर मैं घर न पहुंचा तो डोंडियां पड़ेगी। इसका मतलब यह हुआ कि हम आजा। खेलेंगे ही नहीं।"

"जी हां, मेरा ऐसा ही खयाल है।" तारां बड़ी अदा से पुतलियां नचाते हुए बोली।

मैंने दरांती उसके हाथ से छीनकर परे फेंक दी और बोला, "उठो खेलो।"

"नहीं," वह बड़ी विवशता से बोली, "मेरी मां मारेगी।"

"अजीब मुसीबत है," मैंने कहा, "कभी मेरी मां मारती है कभी तुम्हारी मां। इन लोगों को मारने के सिवा और कुछ आता ही नहीं है!"

तारां चुप रही और दरांती उठाकर, सिर झुकाकर फिर घास काटने लगी।

"एक तरकीब बताऊं!'' अचानक मैंने प्रसन्न होकर कहा।

"तुम्हारी सब तरकीबें पिटाईवाली होती हैं," तारां ने बड़ी निराशा से कहा, "मुझे मत बतायो।"

"सुनो तो," मैंने अपनी तरकीब पर और भी खुश होते हुए कहा, "हम लोग अभी जाते हैं और बिश्नू ब्राह्मण की गाय खोलाकर ले आते हैं और उसे इस ढलान पर चरने के लिए छोड़ देते हैं। आखिर गाय को घास चाहिए ना। वह यहां मौजूद है। घास काटकर गाय के पास ले जाने के बजाय हम गाय खोलकर घास के पास ले आते हैं, और बस, और क्या चाहिए।"

"हां, बिल्कुल ठीक है।'' तारां ने ज़रा मस्तिष्क पर जोर देने के पश्चात्, प्रसन्न होकर मेरे गले में अपनी बांहें डाल दीं और मेरे साथ प्रसन्नता से नाचने लगी। फिर उसने दरांती उठाकर अपने घर के पिछवाड़े की बाड़ में कद्‌द की बेलों में छुपा दी और मेरे साथ। बिश्नू ब्राह्मण की बाड़ी की तरफ दौड़ने लगी जहां गाय बंधी थी।

परन्तु उसके अन्दर जाकर हमें यह देखकर बड़ी निराशा हुई कि गाय वहां पर न थी। हमने उसे बाहर ढूंढा, वह कहीं नहीं मिली। उसे तलाश करते

हुए हम लोग नीचे फूलवाले चश्मे पर पहुंच गए। यह इसलिए फूलवाला चश्मा कहलाता है कि यहां इस चश्मे के किनारे और टीले पर सर्दी के सिवाय हर ऋतु में फूल होते हैं, और जिस टीले के नीचे से यह चश्मा निकलता था, उसपर ऊदे अंगूर की बेलों के झाड़ थे जो कोय के एक झुंड पर चढ़े हुए थे। कोय के झुंड के बीच शहद की मक्खियों का एक छत्ता था और अंगूर की बेलों के बड़े-बड़े हर पत्तों के झूमरों के अंदर से शहद की मक्खियों के भिनभिनाने की गूंज ऐसे सुनाई देती थी, जैसे उन बेलों के अन्दर ही कोई दूसरा फूलवाला चश्मा गुनगुना रहा हो।

यहां विचित्र सन्नाटा और मौन था। छोटे-छोटे नीले पत्थरों के इधर-उधर हरे परों वाली तितलियां पानी की सतह पर तैरती फिरती थीं। कई मेढक किनारे पर धूप सेंक रहे थे और हमें देखकर फुदककर पानी में चले गए। चश्मे में अंगूर के कई हरे पत्ते तैर रहे थे और उनपर पानी के कतरे यूं चमक रहे थे जैसे किसीकी खुली हथेली पर जवाहरात चमक रहे हों।

तारां ने चश्मे के किनारे के फूलों में से कुछ फूल चुन लिए और उन्हें तोड़कर, उनका गुच्छा बनाकर, अपने बालों में उड़स लिया।

फिर तारां ने मुझे बताया :

"ये तितलीतार फूल हैं।"

"नहीं, ये पनेरी हैं। मेरे पिताजी ने मुझे बताया था।"

"नहीं, ये तितलीतार हैं।'

ये गहरे ऊदे रंग के मखमली पत्तियोंवाले फूल थे, जिनके केन्द्र में एक पीला धब्बा था और दूर से देखने से निस्सन्देह यह लगता था कि जैसे हरे पत्ते पर ऊदी-ऊदी रंग-बिरंगी तितलियां बैठी हैं।

मैंने कहा, "इन फूलों की एक कहानी है।"

"क्या कहानी है?"

"नहीं सुनाते!" मैंने इठलाकर कहा।

"नहीं सुनाओगे," तारां ने मेरी पीठ पर एक मुक्का मारकर कहा।

नहीं !"

"अब भी नहीं ?" तारां ने मेरी पीठ पर दूसरा मुक्का जड़ दिया अपने शरीर की पूरी शक्ति से।

"हरगिज़ नहीं !" मैंने मुक्का खाते हुए भी हंसकर कहा।"

तारां रुआंसी होकर बोली, "फिर कैसे सुनाओगे ?'

"हमारी एक शर्त है।"

"क्या ?"

"तुम बनफशे के फूलों का एक हार बनाकर हमारे गले में डाल दो। हम तुम्हें पनेरी के फूलों की कहानी सुनाएंगे।"

"अच्छा।'' कहकर तारां बड़ी बेमन से उठी, क्योंकि बनफशे के छोटे-छोटे फूलों का हार बनाने में बड़ा परिश्रम करना पड़ता है और बहुत समय लगता है।

तारां ने टीले पर उगी हुई घास के खाकी रंग के तुरियोंवाले ऊंचे-ऊंचे खोशे तोड़ लिए—बारीक, सीधे, लम्बे धागे की तरह साफ-सुथरे खोशे, और फिर बनफशे के फूल तोड़कर उन्हें इन खोशों में पिरोने लगी। जब दोनों खोशे पिरो दिए जाएंगे तो तारां उन्हें डंठल पर गांठ लगाकर जोड़ देगी। बस, हार तैयार हो जाएगा।

"अच्छा, अब कहानी सुनाओ।" तारां बनफशे के फूल पिरोते हुए बोली।

मैंने कहा, "एक लड़का था।"

तारां बोली, "तेरे जैसा।"

"हां, मेरे जैसा।"

"फिर ?"

"और एक लड़की थी।"

"मेरे जैसी।''

"नहीं, तुझसे अच्छी।" मैंने उत्तर दिया।

हुश्श !'' तारां ने क्रोध से फूल फेंक दिए।

"अच्छा-अच्छा, बिलकुल तेरे जैसी लड़की थी वह। किन्तु वे दोनों भाई-बहिन थे, और उन्हें तितलियां पकड़ने का बहुत शौक था।

"वे फूलों पर उड़नेवाली, चौड़े-चौड़े परोंवाली तितलियां पकड़ते और पानी पर तैरनेवाली छोटे-छोटे स्वच्छ परोंवाली तितलियां पकड़ते और उनके कोमल शरीरों में एक तेज पिन चुभाकर उन्हें मार देते। और उन्हें ब्लाटिंग पेपर पर सुखा करके अपने एल्बम में सजा लेते।"

"ब्लाटिंग पेपर क्या होता है ?" तारां ने पूछा।

"एक तरह का कागज़ होता है, मोटा और खुरदरा। वह स्याही को चूस लेता है और पानी को जज्ब कर लेता है। मेरे घर में बहुत-से ब्लाटिंग पेपर हैं, तुम्हें दिखाऊंगा।"

"एक मुझे देना।"

"अच्छा दे दूंगा।"

अच्छा, तो आगे चलो। फिर क्या हुआ ?"

"फिर यह हुआ कि उन दोनों भाई-बहिनों के मां-बाप उन्हें तितलियां मारने से बहुत मना करते थे। पर वे दोनों हमारी तरह शैतान बच्चे थे। कहना नहीं मानते थे।"

"मैं तो शैतान नहीं हूं, तू होगा !"

"तू होगी !"

"हाथ तोड़ डालूंगी अगर तूने मुझे फिर शैतान कहा !" तारां ने धमकी दी और मैं डर गया। जल्दी-जल्दी से आगे कहानी सुनाने लगा।

"एक दिन क्या हुआ कि उन बच्चों के बाग में दो सुन्दर तितलियां आईं। एक का रंग बसन्ती लाल और ऊदा था। दूसरी नीली, हरी और

गुलाबी परोंवाली थी। ऐसी सुन्दर तितलियां उनके बाग में इससे पहले कभी न आई थीं। दोनों भाई-बहिन उन्हें पकड़ने के लिए दौड़ने लगे। तितलियां फूलों से उड़ती-उड़ती बाग से बाहर निकल गई। दोनों भाई-बहिनों ने उनका पीछा किया। बाग से ढलान-ढलान, ढलान से नदी-नदी पार करके एक पहाड़ आता था। दोनों भाई-बहिन तितलियों का पीछा करते हुए पहाड़ पर चढ़ गए। पहाड़ पर एक जंगल था।"

"बहुत घना।"

"बेहद घना।"

"और डरावना।"

"और डरावना।"

"वहां एक शेर रहता था।" तारां ने कहा।

"कहानी तू सुनाती है कि मैं?"

"अच्छा-अच्छा, आगे सुनाओ।"

"उस जंगल में जाकर एक तितली एक ओर को भाग गई और दूसरी तितली दूसरी ओर। दोनों भाई-बहिन अलग हो गए। भाई ने बसन्ती, लाल, ऊदी, तितली का पीछा किया। बहिन नीली, हरी और गुलाबी तितली के पीछे भागी। जंगल घना होता गया, गहरा होता गया, काला होता गया। दिन में रात-सी नज़र आने लगी। अन्त में भाई ने प्रसन्नता की एक चीख मारकर बसन्ती, लाल और हरी तितली को पकड़ लिया और चिल्लाकर कहा, 'मैंने पकड़ ली! बहिन, मैंने तितली पकड़ ली!' परन्तु मुड़कर जो देखा तो बहिन गायब है।"

"फिर क्या हुआ?" तारां की सांस रुक-सी गई। उसकी आंखें आश्चर्य से खुलती चली गईं।

"फिर नन्हा भाई नन्ही बहिन को जंगल में ढूंढने के लिए निकला। पेड़ों से टकराता, डालियों से उलझता, कांटेदार झाड़ियों से गुजरता उस फड़फड़ाती तितली को हाथ में लेकर, अपनी बहिन को आवाज़ देता हुआ, उसे ढूंढ़ने लगा।

इस प्रकार कई घण्टे गुज़र गए पर उसकी बहिन उसे न मिली।"

"फिर बहिन कहां गई?"

"बहिन दूसरी तितली के पीछे गई थी ना। वह नीली, हरी और गुलाबी रंगवाली तितली के पीछे-पीछे भागती जा रही थी। तितली आगे-आगे उड़ती जा रही थी। जंगल घना होता गया। तितली अन्दर ही अन्दर जंगले में उड़ती गई। बहिन पीछे से भागती गई। तितली को देखते-देखते उसे यह ख्याल ही न रहा कि वह किधर जा रही है। आगे एक छोटी-सी ढलवान थी। तितली उसपर से उड़ गई। बहिन ने छलांग लगाई। नीचे जंगल में गहरे पानी का एक चश्मा था। बहिन उसमें डूब गई।"

"हाय-हाय!" तारां के मुंह से अनायास ही निकला और उसकी बड़ी-बड़ी आंखों में आंसू तैरने लगे। फिर क्या हुआ?" उसने अपने आंसू पीते हुए कहा।

"जब दोपहर ढल गई और शाम होने को आई और भाई को उसकी बहिन न मिली तो वह थककर एक गिरे हुए चीड़ के पेड़ के तने पर बैठ गया और रोने लगा। इतने में उसके कानों में आवाज़ आई—'अगर तुझे तेरी बहिन ढूंढ़ दूं तो मुझे क्या देगा?'

"बच्चे ने चारों तरफ आश्चर्य से देखा, पर उसकी समझ में न आया कि आवाज़ किधर से आई थी। इतने में फिर वही आवाज़ उसके कानों में आई–'भैया को बहिन से मिला दूं तो मुझे क्या देगा?'—यह उसके हाथों में फड़फड़ानेवाली तितली थी। लाल, बसन्ती और हरी तितली जो वास्तव में एक परी थी।"

"हां, तभी वह बोलती थी," तारां के चेहरे पर आशा और प्रसन्नता की एक हल्की-सी लहर दौड़ने लगी।

"भाई बोला—'यदि तू मेरी बहिन मुझसे मिला दे तो मैं तुझे आज़ाद कर दूंगा।'

"पहले मुझे आजाद कर।'

"ले,' भाई ने तितली हवा में छोड़ दी।

"तितली ने अपने रंगीन पर फड़फड़ाए और फिर हवा में उड़ते-उड़ते बोली, 'अब मेरे पीछे-पीछे आ जा।'

"तितली उसे चट्टानों, झाड़ियों, टीलों, तंग घाटियोंवाले रास्ते से ले जाती हई उस घाटी पर ले गई जिसके नीचे वही गहरा चश्मा बह रहा था, जहां उसकी बहिन डूबी थी। और जिस किनारे पर वह डूबी थी उसके समीप की घास पर गहरे ऊदे मखमली पत्तोंवाला तितलीनुमा एक फूल खिला हुआ था, जिसका एक गुच्छा तुम्हारे बालों में है।

" 'यहां है तुम्हारी बहिन'—तितली ने कहा।

" 'कहां?"

" 'वह इस चश्मे में डूबकर मर गई है—, तितली ने दर्द के स्वर में कहा।

भाई अपनी बहिन के लिए रोने लगा और बसन्ती, लाल, हरी तितली को झूठा और धोखेबाज़ कहने लगा। तो तितली ने मुस्कराकर कहा—'मैं तेरी बहिन को फिर से ज़िन्दा कर सकती हूँ, अगर तू एक वायदा कर ले।'

"मैं वायदा करता हूं।'

" 'वायदा करो कि आइन्दा कभी मासूम तितलियों को मारा नहीं करोगे।'

"मैं वायदा करता हूं'—भाई ने सच्चे दिल से कहा।

"तब तितली उससे बोली—'अच्छा अब ऐसा कर, इस ढलान से नीचे चश्मे के किनारे चला जा और जहां ऊदे रंग का फूल खिला है, उस फूल को तोड़ ले।'

" 'फूल तोड़ने से क्या होगा?'

" 'जैसा मैं कहती हूं, वैसा कर।'

" तब भाई उस कठिन ढलवान से फिसलता-फिसलता बड़ी कठिनाई से उस चश्मे के किनारे पहुंचा जहां वह ऊदे रंग का फूल खिला हुआ था। ज्योंही उसने हाथ बढ़ाकर उस फूल को तोड़ा, फूल उसके हाथ से गायब

हो गया और जहां से उसने फूल तोड़ा था, वहां पर उसकी बहिन पानी में भीगी हुई खड़ी थी।"

"अरे!" तारां खुशी से चिल्लाई।

"तब भाई-बहिन दोनों एक-दूसरे के गले मिले और खुशी से रोने लगे। उस समय गहरी शाम हो चुकी थी और जंगल से वापस जाने का रास्ता न मिलता था। पर उन दोनों तितलियों ने फिर उन बच्चों पर दया की। उन्होंने उन दोनों बच्चों को अपने परों पर बिठला लिया, क्योंकि ये परियां थीं और अब उनके पर बहत बड़े-बड़े और प्रकाशमय हो गए थे और रात के अंधेरे में ऐसे चमकते थे जैसे जुगनू चमकता है। वे दोनों परियां इन दोनों बच्चों को अपने परों पर बिठाकर, उन्हें जंगल के ऊपर उड़ाकर ले गई और आंखें झपकते ही उन्हें उनके मां-बाप के बाग में पहुंचा दिया जहां वे दोनों हंसी-खुशी रहने लगे।"

"बहुत अच्छी कहानी है," तारां ने खुश होकर बनफशे के फूलों का हार मेरे गले में डाल दिया।

मैंने कहा, "तब से बागों में और चश्मों के किनारे ये पनेरी के फूल खिलते हैं, ताकि बच्चे उनसे अपना दिल बहलाएं और मासूम तितलियों की जान न लें।"

पर तारां का जी अब कहानी में न था। जिस समय से उसने यह सुन लिया था कि भाई को बहिन मिल गई तो उस समय से उसके लिए कहानी समाप्त हो चुकी थी और अब वह बैचेनी से इधर-उधर देखने लगी थी। अचानक उसकी नज़र चश्मे से दूर पश्चिम की तरफ अंजीर के पेड़ पर पड़ी जिसपर अंगूर की बेलें चढ़ी हुई थीं और वह चिल्लाकर मुझसे कहने लगी, "आओ वहां तक दौड़ लगाएं और जो हार जाए वह दूसरे को पांच नाशपातियां दे।"

"वाह!" मैंने कहा, "तुम कहां से नाशपातियां लाओगी? नाशपातियां तो मेरे बाग में हैं।"

अगर मैं हार गई तो मैं तुमसे लेकर तुमको दे दूंगी," तारां ने बड़ी सादगी से कहा।

मुझे उसकी शर्त तो पसन्द न आई पर तारां से खेलते में उसको बहुत-सी शर्तें अच्छी या बुरी, दोनों प्रकार की माननी पड़ती थीं। इसलिए मैंने दौड़ लगाई। तारां भी बहुत तेज़ दौड़ती थी और कई बार जीत भी जाती थी। किन्तु आज मैं जीत गया और उससे नाशपातियां मांगने लगा। मामले को पलटने के लिए तारों ने अंगूरों की एक ऊंची बेल की ओर इशारा किया जो अंजीर की एक बड़ी डाल पर पींग के आकार में लटकी हुई थी।

तारां बोली, "आओ उसपर झूला झूलें।"

"और अगर बेल बीच में ही टूट गई?" मैंने पूछा।

"नहीं टूटेगी, अंगूर की बेल बड़ी पक्की होती है। देखते नहीं हो कैसे इस पेड़ को चारों तरफ से जकड़ रखा है।"

यह वाकई सच था। अंगूर की बेल ने वाकई पेड़ को जकड़ रखा था। ज़मीन से शुरू होती थी, जहां से पेड़ का तना शुरू होता था और तने से लिपटी हुई ऊपर तक चली गई थी। पेड़ को ऐसे में क्या महसूस होता होगा, यह तो मैं महसूस नहीं कर सका। एक ही पेड़ से गर्मियों में अंगूर और अंजीर खाने को मिलते थे।

"पहले मैं पींग लूंगा," मैंने कहा।

"नहीं, पहले मैं," तारां चिल्लाई।

"नहीं, शर्त मैं जीता हूं। इसलिए मैं पहले पींग लूंगा।"

"अगर तुम पहले पींग लोगे तो मैं वह पांच नाशपातियां नहीं दूंगी।"

"मुझे स्वीकार है," मैंने कहा।

मैं वृक्ष के तने पर चढ़कर उस डाल पर पहुंच गया जहां से अंगूर की बेल पींग की रस्सी की सूरत में लटक रही थी। मैंने दोनों तरफ से उसको दोनों हाथों से पकड़ लिया और बीच में खड़ा होकर पींग लेने लगा। दो-एक

बार 'चर्र-चर्र' की आवाज़ पैदा हुई। कुछ छोटी-छोटी डालियां और बेल के पत्ते टूट गए। किन्तु बेल मज़बूत थी और मैं मजे से पींग बढ़ाता रहा।

'नीचे उतरो, नीचे उतरो ; अब मेरी बारी है," तारां मुझे ज़मीन से देखकर चिल्लाई और वह झूला झूलने लगी। पहले तो बेल की पींग में मजे से बैठी हौले-हौले झूलती रही। फिर खड़ी होकर उसने जो जोर-जोर से पींग के झोटे लिए तो बेल जगह-जगह से 'करड़-करड़' की आवाज़ पैदा करने लगी।

मैंने घबराकर नीचे से चिल्लाकर कहा, "धीरे से तारां, धीरे से। बेल टूट जाएगी।"

तारां लापरवाही से बोली, "नहीं टूटेगी। देख लो मैं तुमसे पींग ऊंची बढ़ा सकती हूं। अगर कहो तो उस ऊपर की टहनी को पींग बढ़ाते-बढ़ाते छू लूं।'"

अंजीर की वह डाल बहुत ऊंची थी और जब मैं पींग बढ़ा रहा था उस समय प्रयत्न करने पर भी वह डाल मुझसे न छुई गई ; और इसलिए मैंने ही दांत पीसकर कह दिया, "छू लो तो दुअन्नी दूंगा।"

तारां ज़ोर-ज़ोर से पींग बढ़ाने लगी। पहले में, दूसरे में और तीसरे में वह असफल रही, पर चौथे में उसने इस ज़ोर का झोटा लिया कि डाल उसके हाथों में आ गई। डाल तोड़कर वह ज़ोर से खुशी से चीखी कि ठीक उसी समय अंगूर की बेल की पींग ने एक तरफ से अंजीर की डाल को छोड़ दिया और हवा में ऊंची उड़ती तारां बड़ी तेजी से जमीन की तरफ गिरने लगी। मैंने घबराकर दोनों हाथ उसे बचाने के लिए फैला दिए और उसे थामने के लिएदौड़ा। वह सीधे ऊपर से नीचे मेरे बाज़ुओं में गिरी और मुझे भी अपने साथ गिराते हुए जमीन पर लौटती गई। कुछ मिनट तक हम दोनों गिरने के धमाके से ढलवान पर लुढ़कते गए। ढलवान का एक पत्थर मेरे सिर से लगा और उससे खून निकलना शुरू हो गया।

थोड़ी देर के बाद जब हम दोनों उठे तो दोनों लहूलुहान थे और दोनों रो रहे थे।

"तुम मुझे यहां लेकर आए थे," तारां रोते-रोते मुझे ताना देते हुए बोली, "वर्ना मैं तो बिश्नू की गाय के लिए घास काट रही थी।"

"और अंगूर की बेल पर पींग लेने के लिए किसने कहा था?" मैंने सिसकते हुए पूछा।

पर शुक्र है हम दोनो जीवित थे। यदि वह मेरे बाज़ुओं में न गिरती और बाद में जमीन पर गिरती तो शायद मर जाती और इसके बाद यदि मैं उसके साथ ही न लुढ़क जाता तो शायद मुझे भी उसके भार के धमाके से कड़ी चोट लगती। सिर में चोट अब भी खासी थी और लहू भी बह रहा था। परन्तु हम दोनों ज़िन्दा, रोते-रोते वापस घर पहुंचे तो पहले पिटाई और बाद में मरहमपट्टी के बाद मालूम हुआ कि मेरे सिर की हड्‌डी टूटने से रह गई है। किन्तु तारां की एक बांह की हड्‌डी टूट गई है।

मेरा घाव तो पन्द्रह-बीस दिन में भर गया, किन्तु तारां डेढ़-दो महीने तक अपनी बांह को लकड़ी की खपच्चियों में बंधवाए फिरती रही और अब...

अब दिल के बहुत-से घाव पुरकर बेनिशान हो चुके हैं किन्तु सिर पर उस घाव का निशान बाकी है। अब वहां पर एक काला मस्सा बन गया है। कभी-कभी बेखबरी में जब उसपर हाथ लग जाता है तो मस्तिष्क से अब तक के तमाम खयाल गायब हो जाते हैं। मस्तिष्क में एक पींग-सी झूलने लगती है और अंगूर की बेल के शून्य में एक शोख व तेज़ लड़की हवा में उड़ती हुई नज़र आती है......

घर में एक अजीब-सी हालत थी। इधर मैं अपने मां-बाप का छोटा-सा इकलौता लड़का सिर की चोट पर पट्टी बांधे बिस्तर पर पड़ा था, उधर मेरी मांजी गुर्दे के दर्द के कष्ट से अपने बिस्तर पर कराह रही थीं। मांजी के गुर्दे का दर्द, जो इससे पहले पांच या छः दिन में मेरे पिताजी की दवा से कम हो जाता था और कम होते-होते गायब हो जाता था, अब किसी प्रकार दूर न

होता था। बल्कि एक दिन दर्द इस तेजी से बढ़ा कि मांजी उस दर्द को सहन न करके बेहोश हो गईं।

उन दिनों से अधिक मैंने अपने पिताजी को और कभी परेशान न देखा होगा। हालांकि वे डाक्टर थे और इलाके में उनके इलाज और हाथों के स्वास्थ्य-वार्धक्य की धूम थी, किन्तु मेरी मांजी की दशा देखकर वे भी एक बार चकरा गए। मुझे याद है, वह उस रोज़ दिनभर मांजी के पलंग की पांयती ही से लगे उनकी देखभाल करते रहे। और जब वे होश में गईं और फिर तेज़ दर्द से चीखने लगीं तो पिताजी ने उन्हें एक नींद लानेवाला इन्जेक्शन दे दिया, जो बीमारी का इलाज तो न था, पर थोड़े समय के लिए मांजी को आराम तो मिल गया था और वे शाम के छः-सात बजे तक सोती रहीं। जब वे होश में आईं उस समय पिताजी ने उन्हें एक और दवा पिलाई। तब से मांजी को गुर्दे का दर्द का दौरा तो नहीं पड़ा, पर दर्द बहुत कम हो गया।

मुझे याद है, दिन में पिताजी भिन्न-भिन्न पुस्तकों को उलटतेपलटते रहे थे और इसी दवा को ढूंढ़ते रहे थे। उन्होंने कई पुस्तकों से अध्ययन करने के बाद इस दवा का नुस्खा लिखा था और अपने हाथ से उसे डिस्पेन्सरी में जाकर बनाया था।

रात के समय जब पिताजी बिस्तर पर लेटने लगे तो मांजी ने अपने पलंग पर सिसकते हुए मेरे बारे में पूछा, "काका कैसा है?"

मेरे लिए तीसरा पलंग इस कमरे में बिछा दिया गया था। मैं अपने बिस्तर में दुबका हुआ अपने पुराने स्वभाव के अनुसार अपने मां-बाप की बातें सुन कहा था।

"ठीक हो जाएगा, "मेरे पिताजी ने थकी हुई आवाज़ में कहा।

थोड़ी देर तक कमरे में मौन रहा। फिर मांजी बोलीं, "यह मरी तारां इसका पीछा नहीं छोड़ती।"

"बच्चा है, अपनी आयु के बच्चों साथ खेलना चाहता है।"

"लेकिन तारां तो मेरे बच्चे की जान लेगी। वह तो भगवान निरंकार परमेश्वर

मेरे बच्चे का राखा है। उसने बचा लिया, वर्ना तुम्हीं बताओ मरने में क्या कसर थी? मैं तो कहती हूं, तुम इसे बड़े शहर ले जाकर बोर्डिंग में डाल दो।"

"कहने को तो हमेशा कहती हो, लेकिन भेजने के अवसर पर ऐन वक्त पर मुकर जाती हो।"

"क्या करूं? अकेला बच्चा है, मां का दिल है, नहीं मानता। तुम्हें क्या मालूम, तुमने किसीको नौ महीने कोख में रखा होता तो मालूम होता!"

"मुझे तो तुम्हारी चिन्ता है अब तो," मेरे पिता ने आंखों में पानी भरकर कहा, "मेरे खयाल में तुम्हारे गुर्दे में पथरी है।"

"यह तो तुम तीन साल से कह रहे हो।"

"पर मुझे अब विश्वास हो गया।"

"विश्वास हो गया तो शीघ्रता से आपरेशन करा डालो। भाग्य में हुआ तो बच जाऊंगी, वर्ना इस दर्द से तो छुटकारा पाऊंगी। अब यह दर्द मुझसे सहा नहीं जाता।"

"आपरेशन कैसे करूं? मेरा हृदय कांपता है," पिताजी बोले।

"क्यों? तुमने गुर्दे के कई आपरेशन किए हैं। अभी पिछले साल नक्कर का नम्बरदार गुलबाज़ खान गुर्दे का आपरेशन कराने आया था और तुमसे ठीक होकर चला गया। याद है?"

"याद है, पर वह भी याद है जबकि तोरा गांव के पंडित तोताराम की पत्नी लक्ष्मी का आपरेशन किया था। वह भी तो गुर्दे का ही आपरेशन था। उसकी अर्थी इसी अस्पताल से उठी थी।"

"वह तो उसकी आई थी, आ गई। अगर मेरी आई होगी तो आ जाएगी। अच्छा होगा मैं तुम्हारे जीवन में जान दूंगी। इससे ज़्यादा स्त्री को और क्या चाहिए?"

"तुम मरने की बातें करती हो। मैं तुम्हें लाहौर भेजने की सोच रहा हूं।"

"लाहौर!" मांजी आश्चर्य से बोलीं।

"हां, लाहौर। वहां मेरे उस्ताद कर्नल भाटिया रहते हैं। वे गुद का आपरेशन इस सफाई से करते हैं, जिस तरह मैं अपनी 'शेव' करता हूं। अगर वे तुम्हारा आपरेशन करें तो मुझे कोई चिन्ता नहीं।"

"पर लाहौर हम कैसे जा सकते हैं?" मांजी ने सोचते हुए पूछा, "तीन दिन तो घोड़ों का सफर है। फिर एक दिन लारी का सफर है। फिर एक रात रेलगाड़ी का सफर है, और फिर पैसा।"

"हां, पैसे ही की तो बात है," मेरे पिताजी ने चिन्तित होकर कहा, "आने-जाने, अस्पताल में रहने और आपरेशन के खर्च वगैरह में दो हजार से कम क्या खर्च होगा?"

"पर दो हज़ार कहां से लाएंगे?" मांजी ने परेशान होकर पूछा, "यहां जो प्रति मास तुम लाते हो वह प्रति मास खर्च हो जाता है और ऊपर की आमदनी की तुमने सौगंध खा रखी है।"

"वह तो ठीक है," पिताजी ने बात को पलटते हुए कहा, "किन्तु यदि तुम अपना जेवर दे दो'......।

"अपना ज़ेवर दे दूं," मांजी इस आश्चर्य से बोलीं जैसे किसीने अचानक उनके गले पर छुरी रख दी हो और उनका गला रुंध गया हो। "अपनी जान बचाने के लिए वह ज़ेवर दे दूं, जो मैंने अपने काके की बहू के लिए रखा है! तुम कैसी बातें करते हो? मैं तो जब अपने काके का ब्याह करूंगी'.........। परमेश्वर उसकी उमर करे। वह जब जवान होगा और मैं उसके लिए अपने हाथों से उसकी बहू की आरती उतारते समय अपना सारा ज़ेवर अपनी बहू के गले में पहना दूंगी।"

मांजी देर तक चुप रहीं। कमरे की मद्धम-मद्धम रोशनी में उनकी आंखें असाधारण रूप से चमक रही थीं। वह किसी रंगीन कल्पना में डूब गई थीं। जैसे उनका बेटा जवान हो गया, जैसे वह घोड़े पर चढ़ा बरात के आगे-आगे चल रहा है; जैसे शहनाई बज रही हो, जैसे डोली घर पर आ गई हो, जैसे

मांजी घूंघट उतारकर उसका चांद-सा मुखड़ा देख रही हों। एक मां मौत के किनारे गुर्दे के दर्द से बेचैन होकर भी कैसे-कैसे स्वप्न देखती है!—पर कुछ अपने लिए नहीं, कभी अपने पति के लिए, कभी अपने बच्चे के लिए। पर कुछ अपने लिए नहीं। यह वास्तविकता मैं अर्धप्रकाशित अंधेरे में किसी असाधारण भाव से चमकती हुई आंखों से जानता हूं।

"सो गए?" मेरी मांजी मेरे पिता को बहुत देर से मौन देखकर बोलीं।

उत्तर में पिताजी कुछ नहीं बोले। हौले-हौले गुनगुनाने लगे।

"फिर वही सिरसड़ा गीत!" मांजी तुनककर बोलीं, "रात को वक्त है, भगवान को याद करो। कोई ईश्वर-भजन गाओ।"

पर पिताजी धीरे-धीरे वही गुनगुनाते रहे और मैं उस गीत की लोरी सुनते-सुनते सो गया।

मांजी को बिस्तर पर पड़े-पड़े बीस दिन व्यतीत हो गए थे। दर्द कभी कम होता था कभी बढ़ जाता था। किन्तु किसी प्रकार समाप्त न होता था। मांजी अत्यन्त कमजोर हो गई थीं और पिताजी के चेहरे पर परेशानी की रेखाएं गहरी होती जा रही थीं। सारे घर में एक भयानक उदासी का वातावरण छाता जा रहा था। मांजी जितना अपने आपरेशन पर ज़िद करतीं, पिताजी उतनी ही कठोरता से उसे टालते जा रहे थे। यद्यपि उन्हें मालूम था कि उसका परिणाम भयंकर होगा, किन्तु वे टाले जा रहे थे। उनके चेहरे-मोहरे से अनुमान होता था जैसे उनके हृदय के अन्दर एक सतत संघर्ष जारी है और वे कोई निर्णय नहीं कर सकते कि वे क्या करें।

एक रात जब उनके ख्याल के अनुसार मैं सो गया था और घर के दूसरे लोग भी नींद में बेखबर थे, वे धीरे से अपने बिस्तर से उठे। दीवार से टंगे कोट की जेब टटोलकर उन्होंने कोई वस्तु निकाली और उसे मांजी के सिरहाने जाकर उन्हें देते हुए बोले :

"इसे रख लो।"

"क्या है?"

"दो हजार रुपये की थैली।"

मांजी एकदम बिस्तर से उठ बैठीं। लैम्प की रोशनी तेज़ करके उन्होंने मटियाले-नीले रंग की धारीदार थैली के अन्दर झांककर देखा। उसमें से नोटों की गड्डियां निकालीं। उन्हें बड़े आत्मविश्वास से गिना। पूरे दो हज़ार रुपये थे।

"कहां से लाए?"

पिताजी चुप रहे।

"मैं पूछती हूं—कहां से लाए?" मांजी ने ज़िद की।

"रिश्वत ली है," पिताजी सहमकर बोले।

मांजी सन्नाटे में आ गई। नोट उनके कमज़ोर हाथों में कांपने लगे।

पिताजी अब धीरे-धीरे कहने लगे, "वह मौजा पोखर के राजपूतों में लड़ाई हो गई। दो सगे भाइयों में लड़ाई हो गई थी, एक खेत पर। ठाकुर चैनसिंह और ठाकुर नैनसिंह दोनों बड़े जवान और तगड़े राजपूत हैं और अत्यन्त धनी हैं। रुपये की उनको परवाह नहीं और देखा जाए तो जमीन की भी उनको परवाह नहीं, क्योंकि दोनों भाइयों के पास राजा साहब की दी हुई जागीरें हैं। किन्तु यह खेत का झगड़ा आन का प्रश्न बन गया है। दोनों भाई छुरियां लेकर मुकाबले पर आ गए। दोनों भाई घायल होकर कल से मेरे अस्पताल में पड़े हैं।"

"हां, तुमने कल बताया था।"

"पर ठाकुर चैनसिंह को जो चोटें लगी हैं, वह गहरी चोटें हैं। और नैनसिंह को जो खरोंचे लगी हैं, वे मामूली चोटें हैं। यदि आपस में सुलह-सफाई न हो और मुकदमा चले तो नैनसिंह को तीन वर्ष की सज़ा तो अवश्य होगी। इसलिए नैनसिंह चाहता है कि मैं अपनी डाक्टरी रिपोर्ट में साधारण खरोंचों को गहरी बना दूं ताकि चैनसिंह को तीन वर्ष की सज़ा हो सके। उधर चैनसिंह यह चाहता है कि उसके गहरे घावों को और भी गहरा लिखा जाए ताकि नैनसिंह को तीन

वर्ष की सज़ा हो सके। दोनों कल से मुझे रिश्वत दे रहे हैं। चैनसिंह की चोटें तो गहरी हैं इसलिए वह पांच सौ रुपये पर आकर रुक गया, किन्तु नैनसिंह आज दो हजार रुपये तक बढ़ गया। इसलिए मैंने उससे रुपये ले लिए।"

मां ने घबराकर कहा, "यह दो हजार रुपये लेकर अब तुम झूठी रिपोर्ट लिखोगे?"

"हां," पिताजी बोले, "किन्तु मैं न वह लिखूंगा जो नैनसिंह चाहता है, न वह जो चैनसिंह चाहता है।"

"फिर क्या लिखोगे?"

"मैं चैनसिंह की गहरी चोटों को हल्की चोटों में परिवर्तित करूंगा। दोनों भाई-भाई हैं। दोनों की चोटें साधारण रहेंगी तो डाक्टरी रिपोर्ट के बाद सुलह-सफाई में आसानी रहेगी।"

"तो जैसे अपने ढंग से तुम एक नेक काम कर रहे हो," मांजी के स्वर में व्यंग्य की एक हल्की-सी चुभन थी।

पर मैं देख रहा हूं कि उनके हृदय में भी एक संघर्ष था। न वे थैली लेना चाहती थीं, न वापस करना।

कभी उनका हाथ आगे बढ़ता था, कभी पीछे हटता था। अजीब संघर्ष था!

फिर मांजी जैसे अपने-आपको कोसते हुए बोलीं, "काके दे बाबू, मुझ तत्ती के लिए तूने रिश्वत ले ली! मुझ पापण की जान बचाने के लिए इस देवतास्वरूप आदमी ने रिश्वत ले ली! जिसने आज तक किसीसे हराम का एक पैसा न लिया था...भगवान!"

मांजी देर तक सिसकती-कराहती रहीं। अपने-आपको कोसती रहीं। किन्तु पिताजी फिर कुछ न बोले। मांजी ने नोटों की गड्डियां वापस थैली में डाल दीं और उन्हें अपने सिरहाने रखकर लैम्प की बत्ती नीची करके लेट गईं। लेटते समय उन्होंने मेरे पिताजी की चारपाई की ओर देखा। किन्तु पिताजी ने लिहाफ अपने मुंह पर ओढ़ लिया था।

कुछ क्षणों के मौन के पश्चात् मांजी ने पूछा, "सो गए?"

"नहीं," मेरे पिताजी ने अपना मुंह लिहाफ से निकाले बिना उत्तर दिया।

"तो क्या सोचते हो?" मेरी मांजी ने पूछा।

मेरे पिताजी ने एक क्षण के लिए अपना आंसुओं से तर-बतर चेहरा लिहाफ से बाहर निकाला और बोले, "काके दी मां, बहुत-सी पवित्र पुस्तकों में लिखा है कि हज़रत-आदम जो हमारे पुरखे थे, जिनसे हमारी नस्ल चलती है—एक बार खुदा के हुक्म की अवज्ञा करने पर स्वर्ग से बाहर निकाले गए थे। पर मैं सोचता हूं, हज़रत-आदम ही नहीं स्वर्ग से बाहर निकाले गए, बल्कि हर इन्सान अपने जीवन में एक स्वर्ग से बाहर निकाला जाता है।"

इतना कहकर मेरे पिताजी ने फिर लिहाफ ऊपर कर लिया।

मैं उस रात उनका आंसुओं-भरा चेहरा दोबारा न देख सका।

आज लगभग आधी शताब्दी गुज़रने के बाद यह लिखते हुए वही आंसुओं-भरा चेहरा मेरे सामने आता है और मैं सोचता हूं कि मेरे पिताजी तो शायद एक ही बार स्वर्ग से निकाले गए थे, किन्तु मैं और मेरे जैसे हज़ारों, लाखों, करोड़ों लोग अनगिनत बार इस जीवन में स्वर्ग से निकाल नरक में डाल दिए जाते हैं। और मैं सोचता हूं कि जीवित रहने का यह कौन-सा ढंग है? और मैं स्वप्न देखता हूं और आशा रखता हूं दिन-रात उस नई दुनिया की जिसके स्वर्ग तुल्य एकान्त से कभी कोई इन्सान बाहर निकाला न जा सकेगा!

शानो

बचपन के चेहरों में मुझे शानो का चेहरा बहुत याद आता है। वह एक दुबली-पतली, कोमल शरीरवाली स्त्री थी। आयु लगभग तीस वर्ष के आसपास, कद बूटा-सा, होंठ पतले-पतले और गुलाबी आंखें बड़ी-बड़ी, पर डूबती हुई-सी। त्वचा की रंगत संगमरमर की तरह श्वेत। वह सदा माथे पर ज़रा-सा घूंघट काढे, सफेद धोती में लिपटी नज़र आती। उसका सम्पूर्ण

व्यक्तित्व एक ऐसे चित्र के समान था जो दिन पर दिन धुंधला होता जा रहा हो। उसे तपेदिक था।

उन दिनों तपेदिक का कोई सफल इलाज मालूम न हुआ था। प्रायः रोगी मर जाते थे। बहुत कम ऐसे भाग्यशाली होते थे जो किसी न किसी प्रकार बच जाते थे। अपनी छोटी-सी सीमित दुनिया में अपर्याप्त साधनों के साथ मेरे पिताजी को ओषधि-विज्ञान में प्रयोगात्मक अनुसंधान करने की बहुत रुचि थी। वह प्रायः मुश्किल मरीजों को हाथ में लेते थे और उनमें से एक भी उनके प्रयास से अच्छा हो जाता तो वे अत्यन्त प्रसन्न हो जाते और कई दिनों तक उनका मूड बच्चों के समान ताज़ा खिला हुआ और प्रसन्न रहता।

स्त्रियों के लिए अस्पताल में एक पृथक वार्ड था, पर मेरे पिताजी ने शानो को उस वार्ड में न रखा। उस वार्ड से कोई सौ गज़ परे बैरकनुमा एक बिल्डिंग थी, जिसपर टीन की छत थी और जिसमें छः कमरे साथ-साथ बने हुए थे। उनमें से दो कमरों में अर्दली रहते थे। एक कमरे में अस्पताल के पुराने कोड, चिलमचियां और विभिन्न प्रकार का कबाड़ भरा हुआ था। चौथा कमरा सीनियर कम्पाउण्डर साहब ने अपने दोस्तों के साथ ताशबाजी और गप्पबाजी के लिए नियत कर रखा था। पांचवें कमरे में माली ने बागबानी का सामान रखा हुआ था। छठे कमरे को कोई प्रयोग में लाने को तैयार न था, क्योंकि इस कमरे के विषय में प्रसिद्ध था कि जो मरीज इसमें आकर रहता है, मर जाता है। मेरे पिताजी को इस प्रकार की बातों पर विश्वास न था। परन्तु जब लगातार तीन-चार इसी प्रकार की दुर्घटनाएं संयोगवश घटित हुईं तो उन्होंने लोगों की इच्छाओं का सम्मान करते हुए इस कमरे को खाली रहने दिया।

शानो को वे इस कमरे में नहीं रख सकते थे। इसलिए उन्होंने सावधानी के लिए सीनियर कम्पाउण्डर का गप्पबाज़ी का कमरा, जो सबसे अच्छी दशा में था, उससे छीन लिया और उसमें शानो को रख दिया। सीनियर कम्पाउण्डर ने इस बात पर एतराज़ किया,पर पिताजी का विचार था कि

कम्पाउण्डरको जव एक छोटा-सा बंगला उसके रहने के लिए मिला हुआ है तो उसे उसी बंगले को अपनी और अपने दोस्तों की तफरीह के लिए प्रयोग करना चाहिए। सीनियर कम्पाउण्डर मोतीराम दिल ही दिल में बहुत जला, परन्तु उसके अफसर की आज्ञा थी, अतः उसे यह कमरा खाली करना पड़ा। वह तो उसी दिन से शानो का दुश्मन हो गया।

प्रायः रोगिणियों के साथ उनकी देखभाल और सेवा करने के लिए उनके बाप, भाई, बहिन, पति या दूसरे रिश्तेदार आते हैं और इलाज के बीच वहीं अस्पताल के बरामदे में पड़े रहते हैं। किन्तु शानो के साथ उसका जेठ आया था और उसे अस्पताल में डालकर चला गया था। वह अपने मौज़ा (गांव) का सबसे धनी आदमी था। वह यदि चाहता तो शानो के रहने-सहने का प्रबंध कर सकता था और प्रायः अमीर रोगी इलाज के दौरान में ऐसा ही करते थे। किंतु उसने शानो के सिलसिले में किसी तरह का उत्तरदायित्व लेने से इन्कार कर दिया और कुछ दिन उसके पास रहकर वापस चला गया।

शानो सूरज के बाहर निकलते ही अपनी खाट कमरे से बाहर निकालकर धूप में ले आती और बिस्तर पर लेटकर धूप सेंकती, आराम करती या सो जाती या खाना बनाती। वह बहुत कम बोलनेवाली सभ्य स्त्री थी और किसीने आज तक उसके मुंह से एक कड़वी बात तक न सुनी थी। किन्तु मुझे इस बात पर बड़ा आश्चर्य था कि वह चाहे किसी हालत में हो हमेशा अपने माथे में घूंघट काढ़े रहती। पर एक बार मैंने उसे घूंघट के बिना देख लिया—केवल एक क्षण के लिए और उसे देखते ही मैं भौचक्का रह गया। हुआ यह कि मैं अपने बंगले से अस्पताल की ओर दौड़ा-दौड़ा आ रहा था, पिताजी को दोपहर के खाने पर बुलाने के लिए।

धूप सुहावनी थी, किन्तु हवा ज़रा तेज़ चल रही थी और शानो बाग के एक कोने में बैठी फूलों की क्यारियों में खुरपी लिए गोड़ी कर रही थी कि इतने में तेज़हवा का झोंका आया और उसका छोटा-सा घूघट उलट गया

और मैं यह देखकर भौचक्का रह गया कि उसके सिर पर एक बाल भी न था। सारा सिर इस प्रकार मुंडा हुआ था कि जिस तरह मेरे पिताजी का चेहरा शेव के बाद होता है।

जब मैंने पिताजी से इस आश्चर्यजनक बात के विषय में पूछा तो उन्होंने मुझे बताया कि शानो एक कुमारी विधवा है।

"कुमारी विधवा है तो क्या हुआ?" मैंने पूछा, "हर स्त्री के सिर पर बाल होते हैं, पर यह तो अपने बाल मुंडाती है।"

"स्वयं नहीं मुंडाती है। इसके बाल मुंडे गए हैं। हमारे इलाके के ब्राह्मणों में यह प्रथा आम है कि यदि कुमारी लड़की विधवा हो जाए तो उसके सिर के सारे बाल मुंड दिए जाते हैं।"

"कुमारी लड़की विधवा कैसे हो सकती है?" मैंने सोच-सोचकर पूछा।

पिताजी मुस्कराए, बोले,"जिस दिन शानो का ब्याह हुआ था, उसी दिन लग्न-मण्डप में ही उसका पति मर गया था। इसलिए वह कुमारी विधवा है।"

"तो क्या उसकी दूसरी शादी नहीं हो सकती?"

"नहीं।"

"क्यों नहीं?"

"बस ऐसा ही दस्तूर है।"

"ऐसा कैसा यह दस्तूर है?" मैंने झल्लाकर पूछा। मांजी इस वक्त ज़रूर मुझे इस प्रश्न पर मारतीं, क्योंकि औंधे-सीधे प्रश्न करने का मेरा आरम्भ से स्वभाव था। किन्तु पिताजी मुझे मेरे प्रश्नोत्तर पर कभी न टोकते थे, बल्कि प्रसन्न होते थे। किन्तु इस समय मेरे प्रश्न का वे भी उत्तर न दे सके और धीरे-धीरे गुनगुनाने लगे :

"फटी जब कान इस बन में..."

यह उनका पेटेण्ट तरीका था। जब वे किसी प्रश्न का उत्तर न देना चाहें या आगे बात न करना चाहें तो इसी प्रकार बीच में से बात छोड़कर

गुनगुनाने लगते थे।

यदि उसके सिर पर बाल हों तो वह और भी अच्छी लगे," अन्त में मैंने कह दिया।

पता नहीं बाप ने अपने बेटे की सौंदर्यप्रियता को किस दृष्टि से देखा, पर उन्होंने इसपर भी मुझसे कुछ कहा नहीं। बदस्तूर गुनगुनाते रहे। इतने में घर आ गया और हम खाने की मेज़ पर चले गए और बात आई-गई हो गई।

उस दिन मैंने कम्पाउण्डर मोतीराम को अपने दोस्त पूरनमल शाह से बातें करते हुए सुना।

"शाह जी, कुछ मालूम है? डाक्टर साहब को शानो में दिलचस्पी पैदा हो गई है!"

"ऐ! यह सच है?"

बिलकुल। आज मैंने खुद अपने कानों से सुना और आंखों से देखा। वे शानो से कह रहे थे कि तू अपने सिर पर बाल बढ़ा ले। वह देर तक इनकार करती रही, पर वे बराबर ज़िद करते रहे। अन्त में वह मान गई और मानती कैसे नहीं? और जब वह मान गई तो डाक्टर साहब मुझे अलग ले जाकर बोले—बाल मुंड जाने से इस स्त्री की भावनाओं पर बहुत बुरा प्रभाव पड़ा है। यह स्त्री अब अपने-आपको स्त्री ही नहीं समझती। मैं इसके अन्दर स्त्रीत्व जगाना चाहता हूं ताकि इसके जीवन में थोड़ी-सी प्रसन्नता आ सके और यह अपने रोग का प्रतिरोध अधिक बढ़े हृदय से कर सके। यह एक मनोवैज्ञानिक रहस्य है मोतीराम!"

"डाक्टर साहब बड़े मनोवैज्ञानिक होते जा रहे हैं!" पूरनमल शाह ने व्यंग्यपूर्वक कहा।

"अभी आगे देखो और किन बातों पर यह अपनी कुशलता दिखाते हैं...ही...हो...," मोतीराम हंसकर बोला। उसकी हंसी में बेहद कड़वापन था जो मुझे जरा अच्छी नहीं लगी। यदि पिताजी ने शानो को बाल रखने के लिए कह दिया तो क्या बुरा किया? एक बच्चा भी बता सकता है कि स्त्री

के सिर पर बाल अच्छे लगते हैं और जब मेरी मांजी बालों में जूड़ा करके उसमें कभी-कभार एक फूल लगा लेती हैं तो वे और भी अच्छी लगती हैं। यह मोतीराम की बुद्धि को क्या हुआ है?

मोतीराम मुझे अपने पास खड़े देखकर और अपने दोस्त की बातें सुनते देखकर कुछ उदास हुआ। किन्तु उसने ढिठाई से मेरा कान पकड़ लिया और जैसे मुझे चेतावनी के ढंग में समझाते हुए बोला, "बच्चू, अपनी मां को तार देकर बुला ले, वर्ना डाक्टर हाथ से चला।"

यह कहकर उसने मेरा कान छोड़ दिया और अपने दोस्त पूरनमल शाह के साथ अपने छोटे-से बंगले की ओर चल दिया।

मुझे उसकी बातों पर अत्यन्त क्रोध आया। किन्तु मैं छोटा-सा लड़का था। क्या कर सकता था? और मांजी तो यहां नहीं थीं। वे तो लाहौर के अस्पताल में पड़ी थीं। पिताजी एक महीने की छुट्टी लेकर उनके आपरेशन के सिलसिले में लाहौर गए थे। मैं भी साथ गया था। आपरेशन सफल हुआ था, किन्तु डाक्टरों का अनुमान था कि अभी मांजी को तीन महीने और अस्पताल में रहना पड़ेगा। पिताजी को आगे छुट्टी न मिली थी। इसलिए वे मांजी को अस्पताल में छोड़कर, अपने छोटे भाई की देखभाल में देकर, मुझे साथ लेकर वापस आ गए थे और अपने अस्पताल का कार्य संभाल लिया था।

प्रति सप्ताह मांजी की चिट्ठी आती थी जिसमें मेरे लिए बहुत-सा प्यार होता था। एक बार उन्होंने मेरे लिए कन्धारी अनारों का पार्सल भी भिजवाया था, क्योंकि हमारे इलाके में कन्धारी अनार नहीं होते थे। और तारां तो कन्धारी अनार के दाने खाकर हैरान हो गई थी। उसका खयाल था कि हमारे जंगल के दुरीनों से बड़े अनार कहीं नहीं होते।

"अरे दुरीन तो इस अनार के मुकाबले में हेच है।" तारां को मानना पड़ा था और कन्धारी अनार देखकर उसे लाहौर के बारे में दूसरी बातों के सिलसिले में भी अब विश्वास करना पड़ा था जो मैंने लाहौर से वापस आने

पर उसे सुनाई थीं और जिनपर वह अब तक किसी तरह विश्वास न कर सकी थी। किन्तु कन्धारी अनारों ने उसे बिलकुल कायल कर दिया और अब उसने यह सब कुछ सुनकर तय कर दिया कि अब तो वह केवल मुझीसे विवाह करेगी और शादी करके लाहौर जाकर रहेगी।

किन्तु इस बीच मेरा इरादा बदल गया था, क्योंकि अब मैं उस लड़की से शादी करना चाहता था जो मेरी मांजी की नर्स की सबसे छोटी लड़की थी और जो मेरे साथ गेंद खेलती थी और सुन्दर फ्राक पहनती थी। बालों में रिबन लगाती थी। इसपर मेरी और तारां की बहुत लड़ाई हुई थी, और तीन दिन तक हमने एक-दूसरे से बात-चीत नहीं की। किन्तु लाहौर बहुत दूर था और यहां तारां के सिवा और कोई मेरे साथ खेलनेवाला न था। इसलिए धीरे-धीरे वह सुन्दर फ्राकवाली लड़की मेरे मस्तिष्क से लोप हो गई और मैं फिर तारां के साथ खेलने लगा।

मैंने मोतीराम की भयानक मूछों के भय से पिताजी को उसकी बातें नहीं बताई। मोतीराम बड़ा ही कमीना और दुष्ट प्रकृति का आदमी था, और प्रायः मेरी उल्टी-सीधी शिकायतें करके मुझे मांजी से पिटवा दिया करता था। वह न केवल मुझसे बल्कि तमाम बच्चों से घृणा करता था। उसके अपना भी कोई बच्चा न था और उसकी पत्नी एक सूखी-सड़ी चिड़चिड़े स्वभाववाली स्त्री थी, जो दिन-रात कभी माली, कभी चपरासी, कभी अर्दली की पत्नी से लड़ा करती थी। मैं और तारां अब कभी उन लोगों के घर के पास न फटकते थे। फिर भी मोतीराम या उसकी पत्नी मेरी मां से शिकायत का कोई न कोई अवसर निकाल लिया करती थी।

शानो के आ जाने से पिताजी की अनुसंधानप्रियता फिर से उभर आई थी। वे वैद्यक और यूनानी में भी कुछ सुध-बुध रखते थे और उन्होंने कई प्रकार के नुस्खे और कई प्रकार के इलाज के तरीके, अलग-अलग और मिला-जुलाकर भी, शानो पर प्रयोग करने प्रारम्भ कर दिए और शानो का

स्वास्थ्य अच्छा प्रतीत होने लगा।

मुझे तो वह उस दिन से अच्छी लगने लगी थी जिस दिन सै उसके सिर के बाल बढ़ने आरम्भ हो गए थे और अब तो उसके बाल लाहौर की मेमों की तरह कन्धे तक आ चले थे। काले बल खाते हुए बालों में उसका श्वेत मुख एक मोम की गुड़िया के समान शान्त नज़र आता। सुबह और शाम वह अपना खाना स्वयं बनाती थी। स्वयं अपने बर्तन साफ करती थी। पिताजी ने उसके कमरे की दोनों खिड़कियों के लिए नीले रंग का पर्दा लाकर दिया था, जिसपर उसने स्वयं ही बेलबूटे काढ़े थे। धीरे-धीरे उसने अपने कमरे के सामने फैली हुई घास के एक टुकड़े पर सन्थे की झाड़ियों का बाड़ लगा दिया और दो रूइया क्यारियों में फूल लगा दिए। बाड़ पर हरी तोरी और अल की बेलें बढ़ा लीं। और वह जो घर से अकेली आई थी, एक घुटे-गले वातावरण से, तबाहहाल और ज़िन्दगी से बेज़ार आई थी, अस्पताल के खुले वातावरण में एक सहृदय डाक्टर की सहानुभूति पाकर जीवन में आशा, आशा में भावना और भावना में रस टटोलने लगी। उससे पहले वह मर जाने की इच्छा लेकर आई थी। जिसने जीवन में कुछ न देखा हो, जो पन्द्रह वर्ष की आयु में कुमारी विधवा हो जाए, जिसका भविष्य एक मुंडे हुए सिर के समान सपाट हो जाए, जिसके घरवाले उसके मर जाने की दिन-रात प्रार्थना करते हों—उसे यदि तपेदिक न होगा तो और क्या होगा !

शानो तो जानती थी, कि उसका जेठ उसे इसीलिए अस्पताल में लाकर छोड़ गया है ताकि वह उनकी आंखों से ओझल, दूर, अपने गांव और खेतों से, मर जाए और किसी रिश्तेदार को उसकी सेवा-शुश्रूषा न करनी पड़े। और जब वह मर जाएगी तो उसका जेठ उसके स्वर्गीय पति की ज़मीनों पर कब्ज़ा कर लेगा, जिसकी वह अब तक उत्तराधिकारिणी थी। इसलिए उसका जेठ चाहता था कि वह शीघ्रातिशीघ्र मर जाए और यही शानो चाहती थी।

जब वह अस्पताल में आई थी तो आरम्भ के बीस-पच्चीस दिनों में

उसने भी यही चाहा था कि वह जितनी शीघ्र मर जाए उतना ही सबके लिए अच्छा है। कुमारी विधवा तो धरती के लिए लानत और समाज के लिए गाली और जीवन के लिए एक बोझ होती है। जितना शीघ्र यह बोझ आग की नज़र हो जाए, अच्छा है।

किन्तु यह किस प्रकार का डाक्टर था जो उसे बता रहा था कि जीवन हर इन्सान का एक पवित्र अमानत होता है, चाहे वह विधवा हो चाहे विवाहित, अमीर हो या निर्धन | धरती की लानत वे लोग हैं जो पन्द्रह वर्ष की कुमारी विधवाओं को विवाह करने से रोकते हैं। समाज की गन्दगी वे इन्सान हैं जो गरीब स्त्रियों का हक मारते हैं और वही लोग इस जीवन पर बोझ हैं जो किसी दूसरे को प्रसन्न नहीं देख सकते।

शानो ने इस दयालु पुरुष की दृष्टि देखी। उसकी मधुर बातें सुनीं। उसके हाथों का स्पर्श महसूस किया, जब वह उसकी नब्ज़ टटोलता था। और धीरे-धीरे उसके बुझे हुए दिल में एक शोला-सा उभरने लगा। जीने की इच्छा जाग्रत् होने लगी और लिहाफ के अंदर रातों के गुनगुने सन्नाटों में किसीका ख्याल ठीक होने के लिए मजबूर करने लगा। दिन पर दिन उसकी खांसी की तेज़ी कम होने लगी। बुखार भी घटने लगा, और सफेद धुंधले गालों पर सुर्खी की गुलाबी लहर दौड़ने लगी और मेरे पिताजी को ऐसा महसूस हुआ जैसे वे इस धुंधली मिटती हुई तस्वीर में रंग भर रहे हैं, जैसे वे केवल डाक्टर ही नहीं, मुसव्विर भी हैं।

जब शानो के बाल कन्धे तक आने लगे तो उसने एक दिन शर्माकर डाक्टर साहब से एक आईने और कंघी की मांग की। स्त्री जिससे प्रेम करती है उसपर अपना अधिकार जताए बिना नहीं रह सकती। पुरुष जिससे प्रेम करता है उसपर हुकूमत जताए बिना नहीं रह सकता। इसलिए डाक्टर साहब ने उत्तर दिया, "इस शर्त पर आईना और कंघी लाकर दूंगा कि तुम खुशबूदार तेल भी प्रयोग करो।"

"हाय! खुशबूदार तेल!! मैं एक विधवा खुशबूदार तेल कैसे प्रयोग

कर सकती हूं?"

"कर सकती हो, करना पड़ेगा," डाक्टर साहब बोले, "यदि जीवित रहना चाहती हो तो जिन्दगी और उसकी महक और उसकी तमाम सुन्दर चीज़ों से प्यार करना होगा। वे लोग कितने गलत हैं जो यह समझ लेते हैं कि जब किसी स्त्री का पति मर जाता है तो उसकी विधवा का शरीर भी मर जाता है। ऐसा तो बहुत कम होता है। वर्ना कुछ भी नहीं होता। कितनी ही इच्छाएं, कितने ही अरमान, आत्मा और शरीर की मांगें जीवित रहती हैं।"

शानो की आंखों में आंसू आ गए। "वे जब मरे थे तो मैं कुछ भी नहीं जानती थी। मैंने तो ठीक तरह से उनकी सूरत भी न देखी थी। मैं उन्हें पहचानती तक न थी। पर लोगों ने मुझे बताया कि मैं विधवा हो चुकी हूं। किन्तु मैं क्या बताऊँ डाक्टर साहब, कि मेरे दिल की कोई आरजू विधवा न हुई थी। पन्द्रह वर्ष तक वे लोग मुझे विश्वास दिलाते रहे—भूखा रखकर, ताने देकर, मार-पीटकर—मुझे दिन-रात कुचलते रहे और मैं उस खलिहान की तरह सबके पांव मसल डाली गई जिससे अनाज का अन्तिम दाना भी निकाल लिया गया हो, क्योंकि शास्त्रों में ऐसा ही लिखा है।"

"जीवन से बड़ा शास्त्र कोई नहीं है।"

"राम-राम! क्या कहते हो डाक्टर साहब!"शानो घबराकर बोली, "ऐसी बातें न बोलो, प्रलय आ जाएगी।"

"मैं तो प्रतिदिन यही बोलता हूं, फिर प्रलय क्यों नहीं आ जाती?" डाक्टर साहब इतना कहकर हंसकर बाहर चले गए।

पर उनके जाने के पश्चात् शानो घबराकर श्रीराम के चित्र के सामने, जो उसने अपने कमरे में लगा रखा था, हाथ जोड़कर खड़ी हो गई। कांपते हुए स्वर में बोली, "हे भगवान! इनको क्षमा करो। यह तो ऐसे ही हैं। बे-सोचे-समझे कह जाते हैं। उनका जो अपराध हो उसका दण्ड मुझको दो।'

यही तो मुसीबत है और इसी कारण स्त्री पर प्रायः मुसीबत आती है कि

वह जिससे प्यार करती है उसका हर अपराध और हर इल्जाम अपने सिर पर लेने को तत्पर रहती है, और पुरुष जिससे प्यार करता है, उसका कोई अपराध क्षमा नहीं कर सकता।

जिस दिन से डाक्टर साहब ने शानो के लिए आईना, कंघी और खुशबूदार तेल मंगा दिया, उस दिन से अस्पताल में चिमगोइयां आरम्भ हो गई। मोतीराम ने अपने दोस्त पूरनमल शाह से कहा, "हद हो गई यार! आज सुबह शानो कंघी-चोटी करके अपने कमरे से बाहर निकली तो डाक्टर साहब ने उसके बालों में डेलिया का इतना बड़ा सुर्ख फूल लगा दिया!"

"पर लौंडिया को भी तो देखो," पूरनमल बोला, "कैसी गदराती हुई नाशपाती की तरह भर गई है!"

"अरे! जिसे अच्छे से अच्छा खाने को मिले, पहनने को मिले, एक सुन्दर कमरा रहने को मिले, बाग घूमने को मिले—वह लौंडिया नाशपाती तो क्या सेब की तरह सुर्ख हो जाए तो उसमें क्या ताज्जुब है!"

फिर वह मेरी ओर देखकर आगे बढ़ा और मेरे कान खींचकर बोला, "बच्चू, अब भी कहता हूं—अपनी मां को बुला लो, वर्ना डाक्टर तो गया हाथ से।"

मेरे पिता शानो को दिन में चार बार देखने जाते। एक तो सुबह उठकर, जब वे सारे वार्डों का राउण्ड लगाते थे, फिर दोपहर का खाना खाने से पहले, शाम के चार बजे—जब दूसरी बार अस्पताल खुलता, फिर रात का खाना खाकर उसे देखने जाते थे; और प्रायः उस समय घण्टा डेढ़ घण्टा उसके पास बैठते थे। शानो जैसे हरदम उनके आगमन के लिए जीती थी। वह उन्हें देखकर निहाल हो जाती थी। दो-तीन बार उसने यह इच्छा प्रकट की कि वह डाक्टर साहब को अपने हाथ से बनाकर खिलाना चाहती है। किन्तु डाक्टर साहब ने मना कर दिया :

जब तक तेरा बुखार उतर नहीं जाता, मैं तेरे हाथ का बना हुआ खाना

नहीं खाऊंगा।"

और शानो ने अपनी बड़ी चमकीली हंसती आंखों से डाक्टर साहब की ओर देखते हुए कहा :

"यह शर्त भी मंजूर है।"

इस घटना के डेढ़-दो सप्ताह के बाद शानो का बुखार भी उतर गया और मेरे पिताजी ने उसके हाथ का खाना मंजूर कर लिया। यद्यपि खाने का सब सामान उन्होंने अपने घर से भिजवा दिया था, किंतु पकाया शानो ने था। और शानो आज डाक्टर साहब को खाना खिलाकर बहुत प्रसन्न थी ; और खाना खिलाकर कृतज्ञता से उनके पांव दबाती जाती थी। अर्दली लोग, जिनका काम डाक्टर साहब के पांव दबाना ही था, डाक्टर साहब की इस मूर्खता पर अत्यन्त आश्चर्यचकित हुए।

फिर शानो डाक्टर साहब के लिए स्वेटर बुनने लगी और अस्पताल में धीरे-धीरे नर्स का हाथ बंटाने लगी तो नर्स भी जलकर खाक हो गई। अब तक नर्स के हृदय में शानो के लिए सहानुभूति थी ; किंतु कुछ सोचकर शानो को चोरी-छिपे जली-कटी सुनानी शुरू कर दी। अब अस्पताल का सारा स्टाफ—अर्दली, चपरासी और नर्स से लेकर कम्पाउण्डर तक—शानो के विरुद्ध हो चुका था। किन्तु वह इन सबसे बेखबर डाक्टर साहब की मुस्कराहट में मग्न दिन-प्रतिदिन स्वस्थ होती जाती थी।

यह वातावरण था जब मांजी स्वस्थ होकर लाहौर से लौटीं। अभी वे शायद स्वस्थ होकर एक-दो महीने और लाहौर में अपने रिश्तेदारों के यहां रहतीं, किन्तु मोतीराम का पत्र पाते ही उन्होंने वापस आने की ठान ली और बिना पूर्व-सूचना के आ धमकीं। मांजी के आने से मैं और पिताजी दोनों प्रसन्न हुए। मैं तो जैसे निहाल होकर नाचने-कूदने लगा और मांजी के पैरों से लिपट गया। उन्होंने मुझे अपनी गोद में उठाकर बहुत चूमा और प्यार

किया, किन्तु पिताजी से वे बड़ी कठोरता से पेश आईं जिसका उस समय पिताजी ने कोई विचार नहीं किया। थोड़ी देर के पश्चात वे अस्पताल चले गए और मांजी घर के काम-काज में व्यस्त हो गईं। आज वे बातबेबात पर घर के नौकरों को डांट रही थीं, क्योंकि उनका खयाल था कि उनकी अनुपस्थिति में सारा घर चौपट हो गया था।

रात को सोते समय मांजी ने इधर-उधर की बातें करते हुए अचानक पूछा, "यह शांति की बच्ची कौन है?"

"कौन, शानो?" पिताजी ने पूछा।

"शानो होगी तुम्हारे लिए। मेरे लिए तो मत्थासड़ी शान्ति ही है। कब से इसने तुम्हारे दिल पर सिक्का जमाया है?"

"हैं! क्या बात करती हो काके दी मां?"

"ठीक कहती हूं। मुझे सब पता चल गया है। रब्ब भला करे मोतीराम का। उसके घर चांद-सा बेटा हो, उसकी पत्नी की इच्छा पूरी हो। उस भले आदमी ने मुझे सब लिख दिया है।"

"मोतीराम ने?"

"हां-हां, मोतीराम ने। और मोतीराम क्या छिपाता? क्या सारी दुनिया को मालूम नहीं है? सारा अस्पताल तुमपर हंस रहा है। सारा इलाका तुमपर थू-थू कर रहा है। राजदरबार तक तुम्हारी करतूतों की खबर चली गई है।"

"मैंने तो कुछ नहीं किया!"

"मैंने तो कुछ नहीं किया!" मांजी व्यंग्य से पिताजी की बात दोहराते हुए बोलीं, "इससे पहले वह जनमजली संपेरिन आई थी। उससे पहले वह खसमखानी करीमन आई थी। और अब यह शानो सिरखानों तो कहीं से आई है। मैं कहती हूं—मैं कहां तक तुम्हें संभालती रहूंगी! तुम्हें शर्म नहीं आती?"

"किसीका इलाज करने में शर्म क्या है?"

"किसीके बालों में फूल लगाना इलाज है? किसीके हाथ का पका खाना इलाज है? किसीके पास डेढ़-दो घंटे बैठकर गप्प लड़ाना इलाज है? अगर यह इलाज है तो जाने इश्क-माशूकी किसको कहते हैं।

"काके दी मां," पिताजी गरजकर बोले, "ज़ुबान संभालकर बात करो।""

मांजी बिस्तर से उठकर बैठीं और पांव पटककर बोलीं, "मैं नहीं मानूंगी, जब तक वह कलमुंही इस जगह से चली नहीं जाएगी, मेरी ज़ुबान...।"

"जब वह अच्छी हो जाएगी, स्वयं ही यहां से चली जाएगी।"

"वह कहां जाएगी," मांजी गुस्से से बोलीं, "वह जाने के लिए थोड़े आई है, वह तो रहने के लिए आई है। अभी तो वह नर्स का काम सीख रही है। फिर नर्स की जगह लेगी। फिर मेरी जगह लेते उसे क्या देर लगती है? अपने खसम को तो खाकर यहां आई है। अब मेरा भाग भी खाना चाहती है। डायन! मैं उसकी टांगें चीर न डालूंगी! देखो जी, मैं तुमसे साफ-साफ कहे देती हूं—उस चुड़ैल को फौरन यहां से निकाल दो, वर्ना कल से मेरा इस घर में अन्न-जल हराम है।"

दूसरे दिन से मांजी ने उपवास आरंभ कर दिया। दिन में वे दो बार नमक-मिला पानी मोतीराम के घर से मंगाकर पीती थीं और बस। न कुछ खाती थीं, न कुछ पीती थीं और मैं रो-रोकर हलकान हुआ जाता था। बार-बार पिताजी से कहता था कि वे मांजी को मना लें, पर पिताजी थे कि क्रोध से सांप की तरह फुंकारते थे और किसी तरह से शानो को अस्पताल से निकालने पर तैयार न होते थे। इस लड़ाई-झगड़े में पहला दिन गुज़र गया। दूसरा दिन गुज़र गया। तीसरा दिन गुज़र गया।

चौथे दिन मांजी बहुत गिरी हुई हो गई और कमजोरी महसूस करने लगीं और उनके मुंह से बात भी ठीक तरह से न निकलती थी। अभी इतनी लंबी बीमारी के बाद तो वे लाहौर से लौटी थीं कि आते ही यह

आफत पड़ी।

पिताजी क्रोध से झल्लाते हुए, बिना किसीसे बात करते हुए चले जाते। मैं पिंगपांग का बल्ला हाथ में लेकर और गेंद लेकर बरामदे की दीवार से पिंगपांग खेलने की कोशिश करने लगा। इतने में एक नौकर ने मांजी से आकर कहा, "शानो आपसे मिलने के लिए आई है।"

और इससे पहले कि मांजी कुछ उत्तर देतीं, शानो ने सिर झुकाए हुए, आंखों में आंसू लिए, काले किनारोंवाली एक मलगुज़ी धोती पहने, सूखे होंठों और कांपते हुए हाथों से अन्दर आ गई और मांजी के चरण छूकर बोली :

"मैं तो जनम-जनम की पापिन हूं, वर्ना मेरा सुहाग क्यों उजड़ता? मैं यहां क्यों आती? तुम्हारे घर आग क्यों लगाती? पर अब तुम मुझे माफ कर दो। मैं यहां से जा रही हूं और अब यहां कभी नहीं आऊंगी।'

मांजी चुपचाप बिस्तर पर लेटे उसके छोटे-से घूघट के अन्दर उसका सफेद सुता हुआ चेहरा देखती रहीं। उसके बेरंग गाल, फीके होंठ, डूबती हुई आंखें और धुंधलाते हुए, मद्धम होते हुए नक्श—जैसे चित्र फिर से बिगड़ रहा हो।

एक हल्की उदास हरकत से शानो ने अपने पल्लू में लिपटे हुए स्वेटर को निकाला और रुंधे हुए गले से बोली, "यह मैं उनके लिए बुन रही थी जो मेरे लिए हमेशा देवता से ऊंचे रहेंगे। अगर तुम्हारे दिल में किसी औरत के दर्द को समझने की इच्छा पैदा हो तो इसे अपने हाथों से पूरा कर देना। बस, मैं तुमसे इतना ही मांगती हूं।"

इतना कहकर शानो ने वह अधबुना स्वेटर मां के बिस्तर पर डाल दिया और अपने होंठों को ज़ोर से भींचती हुई कमरे से बाहर चली गई। कमरे से बाहर जाते हुए अचानक वह दहलीज़ के चौखटे से टकराई और उसकी धोती का पल्लू उसके सिर पर से उतर गया।

उस समय मैंने देखा कि उसका सिर मुंडा हुआ है। पता नहीं क्यों मैं उसके मुंडे हुए सिर को देखने लगा।

शानो के जाने के पश्चात् पिताजी कुछ चुपचुप-से रहने लगे। कुछ बुझ-से गए। उसके पश्चात् कई महीने तक मैंने उनके मुंह से उनका प्रिय गीत नहीं सुना। वही गीत जिससे मांजी को इतनी चिढ़ थी, अब उसी गीत को उनके होंठों से सुनने के लिए मांजी तरसती थीं। जब भी मांजी इस विषय में कुछ कहना चाहतीं, पिताजी के मुंह पर ऐसी चुप्पी-सी छा जाती कि मांजी उनका चेहरा देखकर अपनी बात को दिल ही दिल में रख लेतीं। ऐसा मालूम होता था जैसे शानो के विषय पर पिताजी कोई बात सुनना नहीं चाहते थे।

शानो के जाने के कोई छः महीने बाद पता चला कि शानो अपने गांव में तपेदिक से मर गई।

शानो का जेठ अपने किसी काम से यहां आया था और अस्पताल आकर डाक्टर साहब को बता गया था। उसी शाम डाक्टर साहब को इतने जोर की कंपकंपी-सी चढ़ी कि रात होते-होते एक सौ पांच डिग्री बुख़ार हो गया। मांजी रात-भर बैठी सेवा करती रहीं। किन्तु बुखार दूसरे दिन भी न उतरा। बाद में मालूम हुआ कि टायफाइड था। पूरे इक्कीस दिन के बाद उतरा। किन्तु जब बुखार उतरा तो पिताजी अत्यन्त कमज़ोर हो चुके थे। वे सूखकर हड्डियों का ढांचा रह गए और जिगर खराब हो गया था। उनकी दोनों आंखें पीली पड़ गई थीं। पीलिये का तेज़ हमला था।

मांजी ने तीमारदारी में दिन-रात एक कर दिया था। ऐसा मालूम होता था जैसे वे पिताजी के पलंग से चिपककर रह गई हैं। स्वयं मांजी के स्वास्थ्य पर इस बीमारी का बहुत बुरा असर पड़ा था और वे जी-जान से पिताजी को ठीक करने की लगन में घुली जाती थीं। राजाजी डाक्टर साहब पर बहुत कृपालु थे, इसलिए उन्होंने उनके इलाज के लिए दूसरे डॉक्टर को भी बुलवा

दिया था जो अस्पताल में काम करने के अलावा दिन-रात उनकी देखभाल करता था। नर्स भी अपना बहुत-सा समय उनकी देखभाल में गुजारती थी। लाहौर से बहुत दवाइयां भी मंगवाई गई थीं—खास डाक्टर साहब के लिए। परन्तु पिताजी का पीलिये का रोग बढ़ता जा रहा था और वे दिन-ब-दिन सूखते जा रहे थे।

मांजी ने झाड़-फूक, गंडे, तावीज़, जन्तर-मन्तर-तन्तर सब आज़मा डाले। हकीम शमसुलुद्दीन की यूनानी दवाइयां भी खिलाई गईं। वैद्य शिवराम की शर्बत और जड़ी-बूटियां भी आज़मा डाली गईं। डाक्टर गिरधारीलाल, जो मेरे पिताजी के स्थान पर आया था—उस बेचारे ने भी हर प्रकार के यत्न कर डाले, किन्तु मेरे पिताजी किसी प्रकार ठीक होने में न आते थे और दिन-प्रतिदिन कमजोर होते चले जाते थे। उनकी पसलियों की हड्डियां निकल आई। आंखें जो कभी अत्यन्त सुन्दर थीं, अब स्याह गड्ढों में गंदले पानी की तरह धुंधला गई थीं और उनके पैरों पर सूजन आ चली थी।

मांजी रात-दिन सेवा में व्यस्त रहतीं। शेष समय पूजा-पाठ में व्यतीत करतीं। कभी-कभी पल्लू से मुंह ढांपकर सिसक-सिसककर रो लेतीं। किन्तु मैंने उन्हें कभी पिताजी के सामने रोते नहीं देखा। चेहरे पर हर समय एक जहरभरी मुस्कराहट रखतीं। समय पर खाना खिलातीं, समय पर दवा देतीं, जरूरत के समय पांव दबातीं। रात को जिस समय पिताजी करवट लेकर जागते, मांजी को हर समय पांयती पर जागते हुए पाते। मांजी कब सोती थीं, कब जागती थीं—इसका किसीको पता न था। बस यूं मालूम होता था कि जैसे डाक्टर साहब की छाया होकर रह गई हों।

पिताजी सब कुछ देखते थे किन्तु चुप रहते थे। वही बुझा-बुझा, सुता-सा चेहरा, पीली-पीली प्रकाशहीन आंखें, फीके-खुश्क होंठ और हाथों की उंगलियां हर समय कांपती-सी। दिन को तो वे सोते ही न थे, किन्तु रात को भी उन्हें बहुत कम नींद आती थी। वे लोगों से बहुत कम बात करते थे।

प्रायः सदा छत की ओर टकटकी बांधे देखते रहते थे। ऐसा ज्ञात होता था जैसे उनके अन्दर जीने की इच्छा दब-सी गई है और उन्होंने अपने-आपको बीमारी के हवाले कर दिया है।

डाक्टर गिरधारीलाल निराश होता गया। घर में गहरी उदासी के तारीक साये मंडराने लगे। मांजी चलते-फिरते, काम करते यू चौकन्नी हो जातीं जैसे मौत की आहट सुन रही हों। दूर रात को किसी कुत्ते के रोने की आवाज़ आती तो मांजी का दिल जोर-जोर से धक-धक करने लगता और वे दुपट्टे में अपनी चीखों को दबा-दबाकर इस प्रकार खामोशी से रोतीं कि उनका सीना दर्द और भय से फटने लगता। धाड़े मार-मारकर रोने से जी हल्का होता है, पर चुपके-चुपके रोने से दिल पर वह घातक खरोंच पड़ जाती है कि रूह के भीतर तक उसकी धमक सुनाई देती है।

उसी ज़माने में एक रमता जोगी एक हाथ में चिमटा और एक हाथ में त्रिशूल थामे और कन्धे से एक बड़ी पोटली लटकाए भीख मांगता हमारे बरामदे के बाहर आया। मांजी ने उसकी झोली में बहुत-सा आटा डालकर उससे अपनी विपदा कह सुनाई। उन दिनों मांजी की दशा यह हो गई थी कि यदि उनका वश चलता तो वे वृक्षों को भी अपनी विपदा कह सुनातीं। वे हरएक को पिताजी की बीमारी का हाल सुनाती थीं और किसी नई दवा या जड़ी-बूटी का नाम सुनने के लिए व्यग्र रहती थीं।

जोगी ने सब हाल सुनकर कहा, "हां बच्चा, कर देखेंगे। दो-चार जड़ी-बूटियां हमारे पास हैं। यदि उनमें से कोई काम आ गई तो महादेव कल्याण करेंगे।"

जोगी ने डाक्टर साहब के हाथों की उंगलियां देखीं, उनके नाखून देखे, पैरों के नाखून देखे, आंखें देखीं, कान की लवें देखीं, मस्तक देखा और फिर डाक्टर साहब को आशीर्वाद देकर बाहर चला आया और सिर हिलाकर मांजी से बोला, "इसका रोग हमारे बस का नहीं है।"

मांजी रोती-रोती हाथ जोड़कर जोगी के पाव पड़ गईं। रुंधे हुए गले से बोलीं, "कुछ तो कीजिए जोगी महाराज।"

"नहीं बच्ची! इसका रोग हमारे बस का नहीं है। इसे भगवान ही बचाएं तो बचाएं। मुझे तो इसकी आंखों में यमदूत आते दिखाई देते हैं।"

मांजी एकदम उठ खड़ी हुईं। अग्निमय दृष्टि से जोगी की ओर देखकर बोलीं, "यमदूत आएं तो सही, टांगें चीर दूंगी उनकी। मैं भी कुश्तरानी हूं। मैंने भी प्रण किया है। मेरे जीते-जी मृत्यु उनको हाथ नहीं लगा सकती।"

"तुम मृत्यु को कैसे रोक सकोगी बच्ची?" जोगी ने पूछा।

"उनके मरने से पहले मैं अपनी जान दे दूंगी। पर मेरे जीते-जी मृत्यु उनको न छू सकेगी। ऐसा मैंने प्रण किया है।"

मांजी का मुख क्रोध की तीव्रता और संकल्प की दृढ़ता से लाल भभूका हो रहा था। मैंने मांजी को ऐसे तेज में कभी नहीं देखा था।

जोगी उन्हें देखकर मुस्कराया और बोला, "बच्ची, मैं तेरा संकल्प देखना चाहता था। वैसे इस रोग का एक इलाज है। किन्तु वह इतना कठिन है कि उसके लिए बड़े धैर्य और कठोर संकल्प की आवश्यकता है।"

"आप बताइए तो सही महाराज!" मांजी दृढ़ता से बोलीं, "मैं उस इलाज को पूरा करने में सारे ज़ेवर बेच डालूंगी और अपनी जान की बाज़ी लगा दूंगी।

"उस इलाज को बरतने में एक पैसा भी खर्च न होगा। हां, किन्तु बहुत कठिन कार्य है। पर तुम्हारा संकल्प देखकर, तुम्हें बताए देता हूं। जंगलों में एक बेल होती है, उसे फफानू की बेल कहते हैं। कभी-कभी यह खेतों में भी मिल जाती है, पर जंगलों में आम होती है। सब किसान लोग उसे जानते है। इस बेल में एक फल लगता है, उसे भी फफानू कहते हैं। यह फल टमाटर से छोटा होता है, पर आकार-प्रकार में ककड़ी से बहुत मिलता है। उसका स्वाद बहुत मीठा और तुर्श होता है।"

"हां-हां, मैंने फफानू अपने खेतों में देखा है," मांजी फिर आशान्वित होकर बोलीं, "बच्चे उसे बड़े स्वाद से खाते हैं।"

"वस वही है," जोगी बोला, "किन्तु आजकल खेतों में नहीं मिलेगा और मिलेगा तो जंगलों की उन ढलानों पर जहां धूप नहीं जा सकती, क्योंकि यह बहुत ठंडा फल है। अब तुम ऐसा करो कि इस इलाज को किसी दूसरे पर मत छोड़ो। इसके लिए तुम्हें स्वयं सवेरे उठकर जंगल जाना होगा और फफानू के फलों की ओस, जो सुबह-सवेरे उनपर पड़ी होती है, इकट्ठा करके एक बर्तन में जमा करना होगा और फफानू भी अलग से जमा करने होंगे। वह ओस इकट्ठी करके उसे सूर्य चढ़ने से पहले अपने पति को पिला दो। फिर उसके आधे घंटे बाद उन फफानुओं का रस निकालकर और बीज अलग करके, उसे पिला दो। किन्तु यह सब काम सूर्य चढ़ने से पहले होने चाहिए। यदि चालीस दिन तक तुम यह दवा खिलाओगी तो शम्भू महाराज की कृपा से तुम्हारे स्वामी अच्छे हो जाएंगे।"

मां ने जोगी के पांव छुए और उन्हें दस रुपये का नोट भेंट किया। किन्तु जोगी ने लेने से इन्कार कर दिया।

"आज के दो समय की रोटी तुम्हारे घर से मिल गई। बस इससे अधिक लेने की आज्ञा नहीं है। अब हम चलते हैं।"

इतना कहकर जोगी चिमटा बजाता हुआ, गाता हुआ हमारे यहां से विदा हो गया।

दूसरे दिन मां ने अपने एक नौकर किरपाराम को अपने साथ लिया और दड़ीनो के जंगल की ओर चल दीं। अभी पौ न फटी थी कि वे किरपाराम को लेकर घर से विदा हो गईं। अभी ठीक से उजाला न हुआ था कि वे फफानू के फल और फफानू की ओस एक कांसी के ढकनेदार बर्तन में इकट्ठी करके ले आईं। किन्तु वे इतनी बुद्धिमान अवश्य थीं कि हर दवा से

पहले डाक्टर गिरधारीलाल की राय अवश्य ले लेतीं।

अतः उन्होंने डाक्टर गिरधारीलाल को शीघ्र बुला भेजा। वह बेचारा अभी सो रहा था, पर मांजी से सूचना पाते ही फौरन चला आया। अचानक नींद से उठने के कारण कुछ कड़वा भी हो रहा था। किन्तु जब उसने फफाबू देखे तो एकदम भड़क गया। बोला, "यह तो वही ज़लील फफान हैं, जिन्हें पहाड़ी बच्चे बकरियां चराते हुए प्रतिदिन जंगल से तोड़कर खाया करते हैं।"

"यह तो मैं भी जानती हूं," मांजी बड़े आत्मविश्वास से बोलीं, "पर आपसे केवल यह पूछना है कि इनका रस किसी प्रकार की हानि तो नहीं करेगा।"

"हानि नहीं करेगा तो लाभ भी क्या करेगा?" गिरधारीलाल ने जलकर कहा।

"वह तो पिलाने से मालूम होगा।"

"जैसी आपकी मर्ज़ी।"

किन्तु गिरधारीलाल ने पिताजी की हालत से निराश होकर सब कुछ मांजी पर छोड़ दिया था। इलाज तो वह अब भी करता था और दवा उसकी अब भी दी जाती थी, किन्तु उसके हृदय में अब विश्वास नहीं था कि पिताजी अब अच्छे होंगे।

मांजी ने ओस के दो घूंट मेरे पिताजी को पिला दिए। फिर आधे घंटे के पश्चात् फफानू का रस भी बीज निकालकर पिला दिया। यह सब काम हो जाने के बाद, कहीं एक घंटे के बाद सूरज निकला। मां ने बड़ी निश्चिन्तता अनुभव की।

बंगले के पिछवाड़े में रेलिंग के समीप के एक ऊंचे पत्थर पर किरपाराम बैठा हुआ एक सुए से अपने कांटे निकाल रहा था और कोसता जाता था, "कैसा कांटेदार जंगल है! कैसी खतरनाक ढलाने हैं—जहां फफानू मिलते हैं! किसी सीधी-सपाट जगह पर तो मिलते ही नहीं। किसी खोह के पास, किसी ढलवान पर, किसी खड्ड में, भयानक चट्टानों के सायों में—जहां बकरी भी न पहुंच सके, वहां यह बेल उगती है। मेरे तो पांव छिल गए और

पायजामा भी फट गया। और सुबह कैसी कड़ाके की सर्दी थी। कम्बल ओढ़कर गया था फिर भी रास्तेभर दांत बजते रहे। तेरी मां तो शेरनी है। शेरनी को जंगल में किसीका डर नहीं। किसी चट्टान से फिसलकर खड्ड में गिरने का डर नहीं।

"जहां मैं नहीं पहुंच सकता था, वहां यह किसी न किसी तरह गिरते-पड़ते पहुंच जाती थी। दुहाई है! मैं तो चालीस दिन एकसाथ कैसे जाऊंगा? तेरी मां के सिर तो जिन्न सवार है। मुझसे यह काम न होगा। मैं तो नौकरी छोड़ दूंगा।"

वह इसी प्रकार बकता-झकता रहा। किन्तु इसके बाद भी दूसरे दिन गया। तीसरे दिन गया। चौथे दिन गया। पांचवें दिन हिम्मत हार गया। मांजी उस दिन जगतसिंह को अपने साथ ले गई। पांच दिन तक वह भी साथ जाता रहा। अन्त में वह भी हार गया। ग्यारहवें दिन मांजी फिरोज अर्दली को साथ ले गईं।

इससे पहले ऐसा नियम था कि मांजी पौ फटने से पहले घर से चली जाती थीं नौकर को साथ लेकर; और सूरज निकलने से एक घंटा आध घंटा पहले आ जातीं। बहरहाल उन्होंने अपनी दिनचर्या में कभी नागा न की थी और वे प्रतिदिन सूरज निकलने से पहले फफानू की ओस और उसका रस पिताजी को पिला देती थीं।

कई बार नौकरों ने उनसे कहा, "मांजी, आपके जाने की क्या ज़रूरत है। हम खुद फफानू और उसकी ओस जंगल से इकट्ठा कर लाएंगे।"

तो मांजी सिर हिलाकर उत्तर देतीं, "और यदि किसी दिन तुम न ला सके या किसी दिन तुम सुस्ती कर गए और फफानू की ओस के बजाय नदी के पानी की दो घूट ले आए तो मैं क्या करूंगी? ना भई, इस मामले में मैं किसीपर विश्वास न करूंगी।"

ग्यारहवें दिन मांजी जंगल से देर तक न लौटीं न फिरोज आया। देर तक लोग उनकी प्रतीक्षा करते रहे। फिर सूरज निकल आया। फिर सूरज पहाड़ों

से गजभर ऊंचा हो गया। मांजी फिर भी न आई। पिताजी ने दो-एक बार द्वार की ओर देखा। फिर मौन होकर दृष्टि छत पर लगा दी।

जब सूरज दो गज़ ऊंचा हो गया और नौकरों के चेहरों पर हवाहयां उड़ने लगीं और वे आपस में घुर-पुर करने लगे और पुलिस को सूचना देने की सोचने लगे, तो हम सबने बरामदे में खड़े होकर दड़ीनो के जंगल की ओर देखते हुए बरकनियों के झाड़ के पीछे की घाटी से फिरोज को दूर से आते हुए देखा। मांजी को उसने कन्धों पर लाद रखा था।

बहुत-से लोग भागे-भागे फिरोज़ की ओर दौड़े। मैं भी रोता हुआ दौड़ा। तेज-तेज़ चलते हुए बूढ़े फिरोज़ की कमर दोहरी हो गई थी और दम टूट रहा था। मजीद और किरपे ने जाकर फिरोज़ का बोझ हल्का किया औन मांजी को उठाकर घर लाए। मैंने देखा कि उनकी साड़ी स्थान-स्थान से फटी हुई थी और हाथों और पांवों से रक्त बह रहा था। उनकी आंखें बन्द थीं और चेहरा एक ओर को ढुलका हुआ था। मैं जोर-जोर से रोने लगा।

मजीद और किरपा ने मांजी को पिताजी के सामने दूसरे पलंग पर लिटा दिया। मेरे ज़ोर-ज़ोर से रोने की आवाजें सुनकर पिताजी ने छत से दृष्टि हठा ली और बोले, "क्या है?"

बूढ़े फिरोज ने कहा, "मांजी खड्ड में गिर गई साहब। बडी खतरनाक ढलवान थी—फिसलवां और गहरी और अँधेरी और दूर नीचे जाकर एक फफानू की बेल पर चार-छः फफानू तो लगे हुए थे और आज जंगल से फफानू बहुत कम मिले थे। मैंने मांजी को बहुत समझाया, पर वे नहीं मानीं। मैं, सरकार, अब बहुत बूढ़ा हूं। इतने गहरे खड्ड में जाने की हिम्मत नहीं कर सकता। मगर ये मेरी बात नहीं मानी और खड्ड में उतरने लगीं। उतरते-उतरते उनका पांव जो फिसला, साहब, तो बस...समझिए जान किसी तरह बच गई। मगर चोटें बहुत आई हैं साहब!"

पिताजी किसी न किसी प्रकार अपने बिस्तर पर से उठे और मेरी मां

के पलंग के समीप पहुंचे। मांजी पंलग पर बेसुध पड़ी थीं। उलझे-उलझे नीचे घिसटे बाल, जिनमें न तेल न कंघी। माथे पर लहू की पपड़ियां। मैले-मैले गाल, दुःख से धुंधलाए हुए। पतली सूखी बाहों पर चोटें, नील और खराशें, टांगों से लहू बहता हुआ और पांवों की बिवाइयां फटी हुईं। वे ऐसी कमजोर, शक्तिहीन और बेजान-सी लग रही थीं कि पत्थर से पत्थर दिल भी उन्हें देखता तो पानी हो जाता।

पिताजी ने धीरे से कहा, "जानकी, जानकी !"

मांजी बेसुध पड़ी थीं।

अचानक भर्राई आवाज़ में एक चीख मारकर पिताजी उस बेसुध मूर्ति से लिपट गए। "मैंने तेरे साथ बड़ा अत्याचार किया है, जानकी !...मुझे क्षमा कर दे, मुझे क्षमा कर दे। मैं सौगन्ध खाता हूं, अब कभी नहीं...अब कभी नहीं...।"

मांजी ने अपने स्वामी की गोद में अपनी आंखें खोलीं। अपने कांपते हुए हाथ की उंगलियों से मेरे पिताजी की कई दिन की बढ़ी हुई दाढ़ी को छूकर कहने लगीं :

"गलती तो मुझसे हुई। क्षमा तो मुझे मांगनी चाहिए। मैंने समझा तुम शानो को प्रेम दे रहे हो। हालांकि उसे तुम केवल जीवन दे रहे थे। पर मुझे बहुत देर के बाद अहसास हुआ। और उस समय वह मर चुकी थी। उसकी मृत्यु और तुम्हारे दुःख की मैं उत्तरदायी हूं। किन्तु जो पापी होते हैं वही तो क्षमा मांगते हैं...।"

मांजी अपने आंसुओं में शरमाई। सब नौकर सिर झुकाकर बाहर चले गए। पिताजी ने एक हाथ से मुझे और दूसरे हाथ से मेरी मां को गले लगाते हुए कहा, "उन दिनों को भूल जा। अब कभी नहीं...बस...अब कभी भूल न होगी। अब तक मैं कभी इतना तेरा न हुआ था जितना आज से हो गया हूं। बस, अब तो कुछ बाकी नहीं रहा।"

"कुछ बाकी न रहा...," मांजी ने प्रसन्नता और लज्जा से पिताजी के

सीने में सिर छुपा लिया और रोने लगीं। पिताजी भी रोने लगे। मैं भी रोने लगा। क्योंकि हम हिन्दुस्तानी एक रोनेवाली जाति हैं। हमारी आंखों में आंसू बहुत होते हैं और हर स्थान पर और हर समय रो सकते हैं। परन्तु दूसरे लोग प्रायः इस हमारी कमजोरी का उपहास करके गलत अनुमान लगा लेते हैं। किन्तु हम क्या करें? अभी हमारे हृदय की भावना और हमारी आंखों का पानी नहीं मरा है। निस्सन्देह जब हम बहुत अधिक सभ्य हो जाएंगे तो आंसुओं से घृणा किया करेंगे।

दोपहर के समय मांजी अपने पलंग पर बैठी कुछ काढ़ रही थीं। गिरधारीलाल एक कुर्सी पर पिताजी के पलंग के पास बैठे थे और पिताजी पलंग पर बड़े-बड़े तकिये लगाए अधलेटे-से बैठे थे और धीरे-धीरे गुनगुना रहे थे, "फटी जब कान इस बन में, फटी जब...।"

गिरधारीलाल ने पूछा, "अब कौन-सी दवा शुरू करें?"

पिताजी हंसकर बोले, "अब अगर नदी का पानी भी पिला दोगे तो अच्छा हो जाऊंगा।"

उनके चेहरे पर गहरी आशा की झलक थी।

डाक्टर गिरधारीलाल आश्चर्य से मेरे पिताजी की ओर देखन लगे। मेरी मां सिर झुकाए कुछ काढ़ने में व्यस्त थीं।

"यह क्या है तुम्हारे हाथ में?" पिताजी ने मांजी से पूछा।

मांजी अपने पलंग से उठीं और पिताजी को अपने हाथ में लपेटी हुई ऊन दिखाते हुए बोलीं, "सोचती हूं वह शानोवाला स्वेटर अब पूरा कर दूं।"

धीरे से पिताजी ने उस अधबुने स्वेटर को अपने हाथ में लिया। धीरे से उन्होंने उसपर अपनी उंगलियां फेरीं और बोले, "हां, अब उसे पूरा कर डालो।"

किन्तु उनके स्वर में कोई आश्चर्य और दुःख न था। वह स्वर ऐसा था जैसे किसी सुन्दर स्मृति का होता है।